牽媽媽的手

曾玟蕙 著

作者序 給孩子有能力的愛

小時候，我喜歡媽媽牽着我的手，不管是上哪去，只要和媽媽手牽着手，總覺得安心。

那樣的緊密連結，似乎很短暫，因為媽媽很忙，而我長大得很快，但是從媽媽掌心傳遞到我心底的溫暖，持續着……直到現在，我也成為媽媽，我享受、珍惜着與孩子緊緊連結的時光。

與孩子手牽手，走一段平常的路，說一些心裏的話，是為人父母最美好的時光；而「陪伴」也是孩子成長過程中最好的養分。

我相信，親子之間用愛連結的溫度，會影響孩子一輩子，用愛灌溉成長的小樹苗，能夠理解、包容、體貼家人。

然而大人必須確定，我們給予孩子的愛是「有能力」的。

愛，不是讓孩子的生活無憂無懼，而是讓孩子有勇氣面對挫折，學習克服生活的不如意，有了這樣的能力，孩子才能在將來真正脫離保護的羽翼，也學會保護父母！

我曾經是個熱愛教學的老師，為人母後，才發現最愛的工作是當個全職媽媽，可惜現實不允許。

當時，我的孩子兩歲。

我在任教國中的川堂，看見一個中班年紀的孩子。

原本，那個孩子的爸媽都在學校教書，那陣子，孩子的媽媽因為「視神經萎縮」而離職，孩子似懂非懂地等着爸爸下班，他那孤單、瘦小的身影讓我心疼。

大人有好多現實必須承擔、面對，必定也牽掛着孩子吧！

幾年後的某天，我走在行人道，看見不遠處的斑馬線上走過一對母子，媽媽拿着導盲杖，男孩沉穩地引導着她。他們一邊前進，一邊聊天，我不敢驚擾他們，腦海回想着這幾年……

孩子三歲後，我終於擁有全職媽媽的身份。

當年徘徊於川堂的孩子，慢慢長成大孩子了，不知道這一家人經歷多少考驗，母子才能從容的走在陽光下？但我可以想像，那是有淚水、有辛酸，也充滿愛的過程。

於是，這個故事成形了，我以媽媽的心情、老師的關懷，希望站在孩子的高度，去呈現這個故事。

全心陪伴孩子的這幾年，我慚愧地發現，當老師的時候，我總在趕課，總期待教學成果，我不常用心體會孩子的感受，也難得理解孩子的困難。當我以母親愛孩子的心情去檢討，我知道，我可以把每個孩子當成一顆星星；我知道，我可以看見更多屬於生命的感動。

因為成為全職媽媽，而有了自信，我將是個不一樣的老師。就讓學生安心地做他自己，從容的學習他所能夠學習的吧！每個孩子都有自己的一片天，我願意當那個懂得欣賞的老師。

也因為媽媽的身份，讓我有機會去思考，那些不再敞開心胸與父母分享的

孩子，到底是怎麼了？孩子不是不說了，而是說了要不要緊？孩子需要被理解，不把孩子當孩子，我們會發現更多孩子教會我們的創意，包括愛所傳遞的語言。

而讀這故事的孩子呀，如果給你機會，你能夠感受父母的感受，用行動去關愛爸媽嗎？

目錄

第1章

不知愁滋味的歲月

幸福，是九月空中的一朵雲，襯着湛藍的天，無憂、無瑕。

我叫陳文陽，今年四年級——噢！不對，過完暑假，已經升上五年級了。

我和爸爸、媽媽住在幸福社區，每天走路上學。出了家門左轉，走過三個紅綠燈，右轉上行人道再直走，就到永樂小學了。

最幸福的事，就是媽媽每天都會牽着我的手，陪我走路上學。

早上七點二十分。

爸爸發動車子，我站在庭院跟爸爸說掰掰，他笑着揮揮手，開車上班去了。

爸爸和媽媽都在古山國中教書。爸爸每天開車上班，下了班就和同事去打球，或到海邊釣魚；媽媽則每天走路上班，陪我上學和放學。

依照以往的經驗，在爸爸開車出發的一分鐘內，媽媽會打開門走出來，但是今天，卻聽到屋裏傳來一陣乒乒、巨響……

第1章

不知愁滋味的歲月

我開門一看，媽媽正揉着手肘，鋼琴邊的立燈倒了，茶几上的花瓶也碎了一地，怎麼會這樣？

媽媽看見我，微笑說：「沒關係，我們趕快出門，晚上回來再整理。」說着，她拿起皮包，穿上高跟鞋，向我跑來。

突然「哎呀」一聲，媽媽的右手臂撞上半開的門，痛得她驚呼一聲。

「媽咪，你今天很災難耶！要不要去買樂透？」我笑嘻嘻地說。

「好啊，中了六合彩，你想做甚麼呢？」媽媽笑着，一邊從皮包裏掏出鑰匙。

「我想蓋一棟台北一〇一那麼高的圖書館。」每天窩在專屬的圖書館裏，多好啊！就算家裏擺不下我喜歡的書，也不用到公共圖書館去跟別人分享書籍。噢耶！太棒了。

「哇！很棒喲！」媽媽和我心有靈犀地說着。

突然「喀啦」一聲，整串鑰匙從她手中滑落，媽媽彎腰撿起，忙亂的鎖上家門，看了一下手錶，驚呼：「哎！七點三十七分了！」她抓起我的手，往學校的方向快步走去。

平常，從家裏走到學校大約十分鐘，媽媽算準了時間，我可以在七點四十分之前抵達。但今天來到學校圍牆外時，已經沒有看到導護老師和愛心媽媽了，倒是還有姍姍來遲的同學，我看到了同班同學朱小強。

他手裏拿着塑膠袋，是那種買雜貨時會用的花袋，他一定又在撿拾回收資源了。

從背後看上去，他的運動服太小，下襬蓋不住腰，運動短褲卻太寬大，竟然長到膝蓋處；那件上衣是小學一年級的尺寸，褲子卻是國一的 Size 吧，好滑稽！

在我經過他身邊之前，只見他停了下來，把手伸進行人道旁邊的大垃圾桶裏，在那小小的洞裏翻找。

我想，如果那個洞夠大，他一定會把頭伸進去……噢！太噁心了！

我知道朱小強的奶奶靠撿回收賺錢，朱小強也會幫忙，但有必要這樣嗎？連垃圾桶都不放過！跟乞食的流浪漢有甚麼差別啊？

第1章 不知愁滋味的歲月

我牽着媽媽的手，快步經過朱小強身邊，幸好朱小強長得矮，座位總是在第一列，我不可能跟他坐在一起，不然……

啊唷！他的衣服髒髒的的，靠近一點，一定會有難聞的味道。

「蟑螂！不要撿了，快進教室，不然巫婆會把我們吃掉！」

我往前面看去，是綽號「阿福」的賴子福在鬼吼鬼叫。

賴子福的爸爸騎着一輛噪音很大的破摩托車，賴子福從後座跳下來。

他爸爸挺着大啤酒肚，嘴裏嚼着檳榔，露出一口又黑又紅又可怕的牙齒，笑着和媽媽揮揮手說：「一斤螺絲，早咧！」

他口中的一斤螺絲，是稱呼媽媽——宜臻老師，只是台灣國語發音不太標準。

媽媽也笑着打招呼：「早安，子晴爸爸。」

說着，賴子福的爸爸又揮揮手，騎着戰車般吵雜的摩托車，「咻」的走了。

賴子福的爸媽都在菜市場賣豬肉，一家四口除了賴子晴長得高高瘦瘦、白白淨淨，三人一身都是鬆垮垮的肥肉，動起來渾身抖動的，讓我有嚥不下口水的感覺，和朱小強讓我屏住呼吸的感覺不一樣，但，都是噁心。

我總覺得賴子福身上有一股生豬肉的腥味，血淋淋的！噁～

賴子福跑過我們身邊又折回來，我本能地往後退一步。

他站在媽媽身前，假裝有禮貌地深深一鞠躬說：「老師早。」

媽媽笑着揉揉他的頭髮說：「快去上學呀，你要去哪裏？」

「我要等蟑螂，他需要我幫忙。」賴子福用手比了比朱小強。

媽媽這才發現朱小強，於是温柔地提醒：「小強，上課時間到了喲！」

朱小強緊抿着嘴唇，兩頰紅紅的，我覺得他看媽媽的表情好奇怪啊！我不喜歡他這樣看媽媽，好像在覬覦我的寶貝，我心裏瞬間築起高牆，對他有所防備。

「阿福，你總是這麼照顧同學嗎？」媽媽笑着問賴子福，這也讓我有一種說不上來的不舒服。

「嘿嘿，那當然啊！」賴子福臭屁的抬起下巴，臉上的肥肉跟着震動了幾

下，突然問：「老師，你怎麼知道我的綽號叫阿福啊？」

「你有一個很棒的姊姊在我班上，我知道你很多事，你熱心助人，很關心朋友，也是爸媽的小幫手。」

「哈哈哈……幸好我姊沒有說我的壞話。」

「子晴是疼你的姊姊呀。」

「不過咧……賴子晴不尊重老師喲，她有跟我說很多老師的壞話。」

「哦？」

「她說螺絲很機車哩。」

「是說我嗎？」媽媽一隻手按着胸口，懷疑地問。

賴子福點點頭，故做無奈地攤手說：「她說你的規定很多。」

媽媽側頭想想，笑着點點頭。

賴子福臉歪嘴斜地說：「上課講個話也不行。」

媽媽假裝無奈地點點頭。

賴子福歎口氣，說：「想交男朋友還要看老師的臉色。」

媽媽也跟着攤手。

賴子福最後說：「明明就比我家的虎媽還難纏，還要假裝自己很懂小孩。」

「真的是形容我耶！」媽媽笑盈盈地說。

聽到賴子福這樣說媽媽，感覺她很不受學生歡迎，我不太高興。

但是媽媽不以為意，笑着說：「螺絲不機車，老師是為她好。」

媽媽又揉揉賴子福的頭髮，說：「現在快去幫助你的朋友，然後上課去吧！」

「遵命！螺絲。」賴子福舉起右手行個禮，轉身跑向朱小強。

媽媽牽着我的手，低頭問我：「寶貝陽陽，你也想過去幫忙嗎？」

我搖搖頭，才不干我的事咧！我拉着媽媽快步離開。

我的媽媽叫楊宜臻，是一位很有學問的國文老師，她很有氣質，對人也很好，就算嚴厲也是為學生好；她對我也不是都這麼溫柔，有時候忙起來會像獅子大聲怒吼，但我不怕那樣的媽媽，因為她是為我好，我想到的媽媽總是溫暖的那一面。

賴子福的爸爸發音不標準，甚麼「一斤螺絲」啊！怎麼不回去小學一年級學正音？真討厭，沒水準的一對父子，我才不想跟他們浪費時間呢，媽媽竟然跟他們打招呼又鬼扯一堆，媽媽人真是太好了。

這是開學第三天……

和過去的四年一樣，媽媽牽着我的手來到校門口，親親我的額頭，我們相視而笑，有默契地揮揮手，然後我踩着輕快的腳步踏進校園，媽媽則轉身過馬路，到對面的國中上班去了。

巫婆老師是我們的班導，長得瘦瘦黑黑又矮矮小小，一張臉乾癟癟的，不笑的時候真像個巫婆。

她叫巫珮珮，一來就要我們大家叫她巫婆老師。

我想起了賴子福形容媽媽的那句「明明就比我家的虎媽還難纏，還要假裝自己很懂小孩」，這句話套用在我們的班導師身上才貼切呢！

明明是這學期才從台東調來的新老師，卻好像對學校、同學都瞭若指掌。她的年紀看起來比媽媽大，未婚、沒有小孩，我猜她一定是下班後太無聊了，都在想怎麼整學生吧？

如果有人說我媽媽是「機車牌」老師，那巫婆一定是「大卡車」。才三天，讓人受不了的規定和洗腦的巫婆式教育已經一堆了。

巫婆要我們每天寫一篇小日記，有時候還要規定主題，像昨天的題目是〈我〉。真是囉嗦！

巫婆要我們在每天的日記裏，寫上自己對幸福的認識。噢，有夠無聊的！

巫婆說，我們應該知道，成績不是最重要的，重要的是……她拉拉雜雜說了一堆，我也記不得，反正那些對我才不重要呢！

成績如果不重要，幹麼還讀書？

巫婆有一個獎勵規定，甚麼助人行善、愛心天使章，她要我們幫助每個同學，包括幫朱小強收集回收資源，做到的同學可以蓋章。

我一定要回家問媽媽，老師可以要求我們做學習以外的工作嗎？而且我為

甚麼要幫忙啊？資源回收又不是很了不起的工作，甚麼專長都沒有的人才會去撿回收賺錢吧！

巫婆很愛碎碎唸，每天碎碎唸的時間比上課的時間還要多！才三天，我已經練就了充耳不聞的功力，可見她的碎唸功有多麼讓我反感，不趕快產生抗體哪行啊！

哼哼，管她唸甚麼，我的爸媽都是老師耶，如果當老師的都這麼愛唸，我早就聽得夠多了，她還是唸給需要的人聽吧！

如果巫婆老師有比較像樣的規定，大概就是下面這點了。

巫婆不在乎我們上學有沒有遲到，只要八點前到校，她都會笑着歡迎你，但超過八點十分沒到，她就會打電話找人，而且是奪命連環Call。這點我是沒差啦，反正我很少遲到。

然而，今天我被巫婆弄得很不開心！

第一節上課，巫婆說要重新安排座位。她安排我跟朱小強坐在一起，我跟朱小強的身高差很多耶，竟然安排我跟他坐第一列！巫婆肯定是知道我心裏想甚麼，才故意整我吧？這真是夠巫婆的行為！

第一節下課，我去找巫婆。

「老師，我的身高是班上第二高的，應該坐最後一排，為甚麼安排我坐在第一排？」

「是這樣的，老師發現你的視力不好耶！你上課經常瞇着眼睛看黑板，等學校的視力檢查結果出來，確定你的視力沒有問題，老師再幫你換位置。」

「老師，我確定我的視力沒有問題。」我堅持地說。

「老師也希望你的視力沒有問題。在檢查結果出來之前先這樣吧！還是，你有一定要換位置的原因呢？」

「我不想跟朱小強坐。」

「老師希望你跟小強坐呀。」巫婆的笑容好邪惡。

「為甚麼？」我不滿地提高音量。

「你的專注力和學習能力都很穩定，老師希望你可以協助小強。」

「我不想。」

「小強也一定可以讓你學習到甚麼的……」

巫婆的話還沒說完，我忍不住打斷她：「我的身高會擋住後面的人。」

「你看，我們班二十四個同學，一列有八個同學，你和小強坐第一排第一列，你坐右邊，和你同列的同學也都是高個子，不會有擋住後面同學的問題。」巫婆的耐心好假啊！

「好吧，老師。」不想白費唇舌了，我轉身走開，但感覺如芒刺在背。這個巫婆分明是針對我吧！

果然，第二節課，整人遊戲又來了。

「這節課，老師要你們分組。」巫婆說：「以後上課，老師不要你們乖乖的聽我講課，希望你們可以思考，勇敢發表。分組既可以讓同學互相幫助，也可以集思廣益。等等請你們自己找組員，不分男女，四個人一組。」

同學騷動起來，就像玩大風吹，有好朋友的人火速連體，數算人頭。有人急着這裏拉一個，那裏攬一個，立刻湊齊組員，有的組還嚷着「少一個」。

我不喜歡這種感覺，眼前盡是一些粗鄙不堪的俗品，根本沒興趣下手選擇，然後，我變成一顆默默等着人挑選的橘子……

「陳文陽。」隔壁的楊可欣叫我，她用脣形告訴我：「沒關係，我和你一組。」

我笑着點頭，全班同學裏面，我特別欣賞楊可欣，她和媽媽一樣姓楊，也像媽媽有一雙水汪汪的大眼睛，她們都會想到我的需要。

楊可欣的爸爸是大學教授，她的媽媽全職照顧弟弟和她。

我覺得楊可欣跟我是同一個世界的人，我們都喜歡讀故事書，喜歡觀察昆蟲，都有個很關心我們的媽媽。

「可欣，不行啦！你要跟我同一組。」簡麗珍像個任性的大小姐，嘟嘴嚷着。

簡麗珍自稱是楊可欣的好朋友，在我看來，總是簡麗珍緊黏着楊可欣，而楊可欣對誰都很好。

「麗珍，這一組有五個人，我退出你們就剛好啦。」楊可欣温柔地說。

「我不要啦！」簡麗珍跺腳反對。

簡麗珍的爸爸在台北開公司，她是獨生女，可是媽媽不在身邊，平常都是姑姑在照顧她。我經常聽到簡麗珍跟同學抱怨，說她姑姑又凶又不講理，好像她自己是灰姑娘。

「好啦、好啦！簡麗珍你退出我們這組啦！我們要楊可欣不要你。」有「大姊大」綽號的毛婷婷不耐煩地揮揮手。

「不行！」簡麗珍緊張得大喊。

「那別吵了，放楊可欣自由。」毛婷婷強勢地說。

「好啦！」簡麗珍不情願地走回位置，一屁股坐下，趴在桌上，把臉埋進臂彎。

毛婷婷對楊可欣眨眨眼。

除了楊可欣，我欣賞的人，還有毛婷婷。

毛婷婷家本來是開雜貨店的，兩年前，她媽媽把雜貨店收了，改加盟小七便利商店。毛爸爸是家裏唯一的男丁，負責送貨，必須聽命於毛婷婷的奶奶、媽媽和毛婷婷三姊妹的命令。毛婷婷在家裏排行老大，在學校也像個大姊大，如果不是像個男人婆，加上常常不交功課，其實沒甚麼缺點可嫌棄的。

教室突然安靜了下來，楊可欣站起來四處張望，然後揚聲嚷着：「阿福，這裏！」

我朝楊可欣揮手的方向看過去，朱小強竟然還在翻找教室的回收箱，賴子福不知道跟着他團團轉做甚麼？

這兩個搞不清楚狀況的傢伙，楊可欣揮手叫他們幹麼呢？不會是……

哎喲！真是的。

教室突然安靜下來的原因是——除了我和楊可欣，朱小強和賴子福，其餘的同學都分組完畢了。那麼，我們四個人也只能湊成一組了。這對我而言，真是無奈呀！

巫婆老師拍拍手，笑說：「分組完成了，請你們每組寫一張組員名單給老師，往後除了分組討論，老師還會隨時指派任務給你們。」

有人七嘴八舌地好奇提問：

「好玩的任務嗎？」

「尋寶嗎？」

「耶，寶可夢！」

「老師希望你們先對自己的組員多了解，深入關心組員的家庭……」

又來了！才第三天的第二堂課，讓我受不了的巫婆模式又來了，於是我的耳朵自動關閉，好圖個清靜。

還好今天是星期三，再撐過兩節就可以放學了，到時候，我一定要告訴媽媽，這個巫婆老師有多麻煩和奇怪……

「噢！」我忍不住叫了一聲，翻白眼瞪朱小強，推我做甚麼啦？

「陳文陽。」

「做甚麼？」我衝着他叫。

「你有意見嗎？」巫婆問我耶！

「沒有。」我當然這麼說，但是，發生甚麼事啦？感覺不對！

「很好，請大家掌聲鼓勵，期待這些幹部都可以盡責。」巫婆說。

幹部？我往黑板看去，上面寫着：

班長：阿福

衛生股長：小強

學藝股長：婷婷

服務股長：文陽

我揉揉眼睛，沒有看錯吧？

賴子福每天只知道吃喝拉撒和玩樂搗蛋，要他當班長？開甚麼玩笑！

朱小強身上的衣服沒一天是乾淨、整齊的，要他當衛生股長？有沒有搞錯啊！

還有毛婷婷，一個星期中，她遲交功課的次數多過我一天上廁所的頻率了，每次理由都是家中的店務繁重，說甚麼也不可能確實完成功課，何苦找她當學藝？

最不能讓我接受的是——我，我只想管好自己，甚麼長都不稀罕！

「到底是誰提名我的？」我不滿地問。

同學你一言、我一語的為我拼湊出解答：

「老師啊！」

「老師說不用提名、不用投票，把學習和服務的機會留給最適合的人。」

「所以她指定這些人當股長。」

「老師說股長不必多，有事做的才選，所以康樂股長先免了，風紀股長太八股也省了，大家愛講話就盡情講吧，不要把屋頂掀了，惹校長關注就好，至於體育股長就留給體育老師做決定吧。」

「臭屁陽，你在發甚麼呆，重點都沒聽到？」

「臭屁陽神遊太虛去了。」

「不然怎麼叫臭屁陽，總是活在自己的世界，別人做甚麼、講甚麼都是屁，連老師講的他也當屁了。」

突然，巫婆插嘴了：「剛才提到臭屁陽三個字的同學，老師要提醒你們，這學期我們的外掃區是一樓廁所，既然你們左一句臭屁、右一句臭屁，把臭屁掛嘴上，可見是逐臭之夫，外掃區就請你們當仁不讓的扛起責任吧。」

「老師！」三個人同時大喊。

「是。」巫婆不疾不徐的回應。

「我抗議！」

「抗議無效。」巫婆笑着說。

「不公平！」

「世界本來就不公平，人一生下來就飽受不公平的對待，沒有人有選擇出生或如何被對待的權利，所以當你們有選擇權的時候，應該學習善待身旁的人，不要帶着有色眼光，更不該做人身攻擊。」巫婆這樣說。

我很用力地想把這串話吸進耳朵，不過，巫婆式的語言真是令人費解呀。

「老師，我們知錯了啦！」

「很好！知錯能改，善莫大焉。」

「那掃廁所的事？」

「非你們莫屬。老師知道，你們一定會用改過向善的心，熱衷於這項工作。還有，往後我不要再聽到任何帶有人身攻擊的綽號了。」巫婆說。

「蟑螂算不算人身攻擊呢？」有同學提出問題。

「這是讚美吧？表示他生命力很強。」另一個同學說。

「問問小強，他願意我們這樣叫他嗎？」毛婷婷說。

大家都看向朱小強，他一下子紅了臉，聳聳肩說：「沒差啦，我不討厭蟑螂，被叫蟑螂也沒有不喜歡。」

「耶，五年愛班，蟑螂不滅。」

「幸好、幸好，如果蟑螂不叫蟑螂，我還真不習慣咧。」賴子福說。

「就像賣豬肉的阿福改叫阿瘦，那就失去原汁原味了。」簡麗珍說。

「太扯了啦！賣豬肉跟賣皮鞋差很多耶！還原汁原味，是要改賣牛肉麵喲？」毛婷婷說。

全班哄堂大笑，我一點也不覺得好笑，不知道為甚麼卻跟着扯動了嘴角。

「很好，大家開開心心的，有事好商量，開開小玩笑無妨，但老師希望你們以後都像這樣尊重他人，有疑慮可以當面討論，不要彼此猜測或互相攻擊，懂嗎？」

「懂～」

大家齊聲回答，像被巫婆施了魔法，我竟然也跟着張開嘴。

果然是地表最煩人的巫婆大卡車！就算她替我說話，我也還是不能認同她，未來兩年好長啊，我要跟媽媽商量，請媽媽幫我轉學或轉班，我才不要當甚麼服務股長咧。

真是強人所難！

第2章 意外的一天

幸福是，媽媽總是等着我，隨時抱抱我，問我：「今天過得好嗎？」

如果有味道，那會是苦的、辣的，還是酸的呢？我不想知道答案，生活中沒有擔心，心情是輕鬆的，難怪人家說「無事一身輕」。

每個星期三放學後，我會跟着路隊，在導護老師的協助下過馬路，走到學校對面的古山國中去。

媽媽的辦公室在二樓，我經過川堂、經過九年級的教室、走上樓梯，在二樓的導師辦公室門口，我喊了聲「報告」，接着走進去。

媽媽是七年一班的導師，現在應該在教室陪學生午休吧？

我安靜地走向「我的位置」——媽媽辦公桌旁邊有一張學生書桌，那是媽媽特地為我準備的。我總是一邊寫功課，一邊等媽媽下班。

沒想到，當我拉開椅子時，對面那個綁着馬尾、戴着黑框眼鏡，看起來很古板的汪晴老師，驚訝地抬頭問：「咦？文陽，你怎麼來了？」

第2章

意外的一天

「我來等媽媽下班。」

「不對啊，你媽媽到醫院去了，沒有人去接你下課嗎？」汪晴老師自言自語地說：「對了，俊彥老師請假陪宜臻老師去醫院了，難怪沒有人去接文陽，這樣的話，誰帶文陽回家？」

我聽了，心跳噗通、噗通地急促起來。

「汪老師，我爸爸為甚麼要陪媽媽去醫院呢？」我趕緊問。

汪晴老師推了推鼻樑上的眼鏡，說：「第四節課的時候，你媽媽想要泡茶卻被熱開水燙傷了。」

「啊！」我嚇得張開嘴巴。

「別擔心，只燙到左手背，不是大面積的傷害，接受治療就會好了。」汪晴老師微笑着安慰我。

我覺得有一股陌生的寒意，從背脊擴散到全身，雙腳微微顫抖，一顆沉重的石頭隨着汪晴老師傳達給我的消息襲上心頭……我連呼吸都變得困難了！

這就是擔心的感覺嗎？爸爸曾經笑我太無憂無慮了，根本不知道甚麼是擔心的滋味。

「嗨！文陽，你來啦。」短髮、開朗的李家燕老師抱着書本從門外走進來，一面跟我說：「別偷懶喲，快去寫功課，你爸爸晚一點會回來接你……」

「家燕老師，有宜臻老師的消息嗎？」汪晴老師問。

「宜臻打電話給我，她說下午安排了健康檢查，四點以前會結束。她不放心文陽，聽起來燙傷的部位是不要緊……」李家燕老師說着，拉開媽媽旁邊位置的椅子坐下。

兩位老師聊了起來，我聽到「不要緊」，心頭的重量稍稍挪除了一點，四肢恢復了靈活。

我拉開椅子坐下，拿出功課，心中的緊張和不安卻無法消除，國語作業簿上的格子不時變得模糊，我的筆畫顯得飄忽，卻無心改正，一心只想快快完成國語，再快快寫完數學，讓時間快快到了四點，那時候我就可以看到媽媽了。

這是一個不一樣的星期三下午，我第一次在課後，沒有媽媽的關心和照顧。

第2章 意外的一天

幸福是，媽媽總是等着我，隨時抱抱我，問我：「今天過得好嗎？」

如果有味道，那會是苦的、辣的，還是酸的呢？我不想知道答案，生活中沒有擔心，心情是輕鬆的，難怪人家說「無事一身輕」。

突然之間，心裏好像有事，卻說不上來是甚麼……

悶悶的，我的心情像即將下起滂沱大雨的陰天，厚重的烏雲把天空堆疊得不透光，我很不習慣這樣的感覺。如果媽媽在身邊陪我就好了！

今天，媽媽的手被熱水燙傷了，我真希望這件事沒有發生。

坐在靠窗的位置寫完最後一項功課——小日記，我轉頭看窗外，往一樓的行人道望去。

真巧！兩個身影映入我的眼簾，是賴子福和朱小強。他們在校園外面，互相拉扯、笑鬧着，一個胖、一個瘦，一個高、一個矮，形成強烈的對比。

朱小強手裏拿着大垃圾袋，裏面裝着玻璃罐、寶特瓶和紙類。

賴子福的嘴裏咬着一支棒棒糖，吊兒郎當地拿着一支鐵夾搖頭又晃腦，突然一時興起，拿鐵夾敲打路邊的電箱，笑嚷着：「來啊、來啊！買酒瓶啊，一支五塊。」

朱小強樂不可支的推了賴子福一把。「你要賣鬼啊！」

賴子福更誇張地扯開喉嚨：「鬼啊！快來啊！買破報紙回家貼牆壁，買寶特瓶回家K小孩啊！」

我忍不住翻白眼，「孟母三遷」的故事告訴每個爸媽，環境對一個小孩的影響有多大，賴子福在市場長大，豬肉攤就是他的小天地，難怪水準如此低級。

突然，樓下傳來嚴厲的聲音。「小朋友！」

我探頭一看，是古山國中的學務主任從樓下的窗口喝止：「不要破壞公物！再敲敲打打、大吼大叫，就請你們學校老師來處理。」

「啊！對不起、對不起啦！」賴子福彎腰道歉，一副受教的模樣。「我知道錯了，下次不敢了！」

第2章 意外的一天

「沒事趕快回家！」張主任的語調恢復平緩，算是饒過他們了。

「是！」賴子福按住朱小強的後腦勺，讓他跟着彎下腰。

接着聽到窗戶在窗軌上滑動的聲音，張主任把窗子關上了。

我趴在窗台上，看見賴子福和朱小強拍拍胸口，僥倖的相視而笑，突然，朱小強像被電擊似地，猛一抬頭，和我四目相對……

哇！他怎麼能感應到我的存在？

我的心跳慢了半拍，有種偷窺被抓到的窘態，但很快便恢復。哈，滑稽的又不是我，做錯事的也不是我，是他們自己扮小丑不怕丟臉的，我不想看見都不行。

朱小強對我吐了吐舌頭，分明想挑釁。

賴子福跟着抬起頭，驚訝地看看我，靠近朱小強的耳邊說着悄悄話，朱小強也湊在他耳邊交頭接耳，然後兩人一起看向我……我忍不住用鼻子哼了一聲，兩個幼稚的小人，嘰哩咕嚕地說我壞話嗎？

我才不在乎呢！昨天我在小說上看到一個語詞——睥睨，正符合我現在的姿態，我就是喜歡從這樣的高度俯視他們，讓他們知道，我們是不同世界的人。

哈，道不同不相為謀。

我離開窗台，從書包拿出故事書擱在桌上，眼神還是忍不住往窗外一瞄，賴子福翹起屁股，做勢要放臭屁送給我，朱小強也衝着我齜牙咧嘴，然後兩人勾肩搭背的離開我的視線……

我忍不住撇撇嘴，他們好無聊啊！

我的眼神回到故事書上。媽媽說過，要結交志同道合的朋友，沒有朋友的時候，書就是最好的朋友。

捱到四點十分，爸爸終於出現了。

我第一次有這種感覺，能看到爸爸真好！我向爸爸撲過去，緊緊牽着他的手，告訴爸爸我想趕快回家。

爸爸只是微微笑着，他一定不能體會我的心情，如果是媽媽……媽媽一定

知道我這個下午有多難受。

我的心頭依然沉重，一朵烏雲如影隨形，讓我喘不過氣。

「爸爸，媽媽呢？」坐上車，我忍不住問。

「媽媽先回家休息了。」爸爸說着，轉動方向盤，車子往我意外的方向前進。

「我們不回家嗎？」

「媽媽要我先去買……嗯……」爸爸用左手握方向盤，右手伸到上衣口袋找了找，又在褲袋裏翻了翻，車子不穩的向右偏移，爸爸趕緊將方向盤扶正。

「爸爸，你在找甚麼？」我繃緊神經，這樣開車太危險了！

「那個……嗯……哎！這個！」爸爸轉頭一看，拿起副駕駛座上的一張便條紙，往後遞給我。

我接過來一看，上面是爸爸潦草的字跡：

衞生紙

鮮奶
吐司
洗髮精
塑膠手套（最大的Size）
晚餐

一定是媽媽交代爸爸去買這些東西。這些瑣事，向來都是媽媽一手包辦的，我無法將爸爸和這些「小事」做連結。

「爸爸，媽媽都在那間超市買生活用品。」我手指着後面，熟悉的超市已經過頭了。

「不去超市，我們去一個便利的地方。」說着，爸爸停下車等號誌燈變綠。

「啊，要不要先買麵包呢？媽媽都在這間麵包店買，他們的麵包很新鮮。」我比了比右手邊的店面。

「等等一起買吧！」

「啊……」我忍不住猜想，我們要去的那個地方，是怎麼樣的便利啊？媽媽會利用假日，到市場買新鮮的蔬果，平日也會到黃昏市場買食材，生活用品都固定在某家超市購買，媽媽有個好習慣，就是貨比三家。

不求便宜，但一定要安全和新鮮。

媽媽說，烘焙食品中的反式脂肪會危害人體健康，一定要仔細看商品的製造成分；媽媽說，不管是可食用的色素，還是合乎安全比例的化學添加物，都是能免則免，吃了對身體絕對沒幫助；媽媽說，蔬果一定要買當季的，沒有菜蟲啃咬的蔬菜要小心，那是農藥換來的漂亮、完美……

總之，每樣進入我們家的用品、食物，媽媽都會仔細看過成分、了解來源。

我很意外，爸爸所謂的便利就是去「小七」採購。

爸爸把車停在路邊，半開車窗，熄了火，要我在車上等一下，他快去快回。

媽媽從來不會到便利商店買日常用品或食品，連我都知道便利商店大多是應急商品，價錢比超市貴，主婦才不會肯定它的便利咧！

但爸爸不是主婦，而是十指不碰陽春水的大老爺，能把東西買齊，已經太、太、太讓我刮目相看了。

爸爸果然很快就回來了，把一袋東西放到副駕駛座。

我探身向前翻翻那袋子，忍不住叫：「這些不是媽媽會買的牌子耶！」

「沒關係，偶而用不一樣的牌子，沒關係啦！」

「但是，沐浴乳不能當洗髮精用，鮮奶和優酪乳喝起來也不一樣啊！」

爸爸停下正要發動車子的動作，轉頭看我一下，又翻翻那袋東西，確定自己真的買錯了。

我擔心爸爸要我把沐浴乳當洗髮精用，還有，我從來不喝優酪乳。

幸好，爸爸說：「你等等，我快去快回。」說着，他打開車門，又往超商跑。

我趕緊趴在車窗喊：「爸爸，把東西帶去換，給發票證明就可以了。」

「不用，優酪乳我喝，沐浴乳先放着。」爸爸揮揮手，快步走了。

真奇怪，爸爸買東西不看產品名稱嗎？說我是媽寶，他自己還不是一樣，像媽媽說的，是生活白癡。

終於回到家了，我衝進媽媽懷裏，媽媽身上有我最喜歡的味道，甜甜、香香的，像香瓜混着鮮奶的味道，清新而不膩。

媽媽揉揉我的頭，笑問：「怎麼啦？寶貝陽陽？」

「媽咪，我好想你啊！」

「媽媽也想你啊！」

我雙手環着媽媽的腰，烏雲飄走了，心頭輕鬆了。

難怪人家說「有媽的孩子像個寶」，只有在媽媽的懷裏，被媽媽重視着，我才能感覺踏實和安心。

突然，我在腦中閃過朱小強的眼神，那雙對我帶着敵意和挑釁的眸子，從來沒有見過媽媽的朱小強，還有簡麗珍，沒有媽媽的簡麗珍……他們沒有媽媽陪，遇見挫折時沒有媽媽可以協助，那樣的生活要怎麼過啊？我實在不能想像。

「怎麼啦？」媽媽彎着腰，雙手捧着我的臉。

我覺得眼睛發熱，鼻子酸酸的，喉嚨又乾又緊。

「我想哭。」我眨眨眼睛，想讓眼前的霧氣散去，淚水卻無法抑制地湧出。

「嘿，我陳俊彥的兒子不要當媽寶好嗎？」爸爸在單人沙發上笑睨着我。

「不要取笑孩子。」媽媽瞪了爸爸一眼，摟着我坐上另外一張沙發。

「孩子應該面對現實，人生不如意事十常八九，天總有塌下來的一天，媽媽不可能永遠幫他頂着。」爸爸說着風涼話。

「每次你的天塌下來了，還不是我和文陽的奶奶幫你頂着。」媽媽說。

「嘿！有這種事嗎？例如？」

「例如，找不到學生資料的時候，錢包忘記帶的時候，還有我帶文陽去旅行的時候，你打電話來抱怨，說你一個人在家快變糟老頭了。」

「那些都是小事。」

「嗯，幸好都是些小事。在我們結婚之前，婆婆就很體貼地提醒我了，她的兒子、我未來的老公是個生活白癡，活到二十幾歲了，沒下過廚，蔥和蒜分不清楚，賺了錢不管錢，只會用提款卡領錢，銀行戶頭裏的數字他懶得管，幸好工作穩定、生活單純，娶了賢慧老婆後，媽寶當之無愧，也可以繼續當生活白癡。」

「哇塞！媽真的這樣嫌棄我啊？」

「是了解，不是嫌棄。」

「好吧，隨便，反正那些都是小事。」爸爸又無所謂地說。

不知道對爸爸來說，甚麼才是大事呢？還是，所有的大事都有他生命中的兩個女人扛着，不會落到他身上？

奶奶是個堅強的母親。爺爺在爸爸小時候就去世了，爸爸在單親家庭成長，卻沒有單親孩子的辛苦。奶奶獨自經營一家小吃店，支撐母子兩人的生活，她只要求爸爸認真讀書、快樂生活，其他事情都不要他擔憂。

爸爸從小好動，奶奶積極地發掘他的運動天分，支持他參加體操訓練，陪伴爸爸走過競逐獎牌的艱辛過程，汗水化做成就，最後，爸爸成為一名體育老師，也兼任體操教練。

奶奶對爸爸的結婚對象，第一個要求是——能下廚，她希望爸爸每天都有熱騰騰的食物可以享用。媽媽也確實是符合這樣條件的人，不然奶奶怎麼捨得讓爸爸跟着媽媽從苗栗搬到宜蘭來。

媽媽說宜蘭的環境適合我成長，就說服爸爸跟着轉調，離開了苗栗老家，聽說那時候還跟奶奶鬧家庭革命呢！媽媽個性溫和，對奶奶也很孝順，但是關於我成長的大、小事，只要認定是好的，她一定堅持到底。

看到媽媽纏着紗布的左手，我哭了，媽媽將我摟進懷裏，拍拍我的背脊安慰着：「沒事、沒事，寶貝別難過了。」

「媽咪，你下次要小心一點啦。」

「好，對不起，讓你難過了。」

「唉，看你們母子這樣，我也好想回到我娘懷裏取暖。」爸爸開玩笑地

說。

「是該找時間回去看看媽了。」媽媽說。

「哈，媽忙得很，沒空招待我們。」

「奶奶又跟着媽祖廟的人去進香了啊？」我揉揉眼睛問。

爸爸點點頭。

「明年暑假，我也跟奶奶去參加進香好不好？」

自從奶奶有了宗教信仰後，我覺得奶奶變可愛了，不再一天打三通電話找爸爸，也不再三天兩頭用視訊關心我們的生活，偶而聽奶奶講進香的經歷，我都覺得有趣和驚奇呢！

「那你要先戒掉母奶，或者把你媽媽也帶去。」爸爸哈哈笑說。

我和媽媽同時瞪着爸爸，爸爸兩手一攤，笑着轉移話題：「吃飯囉，媽媽的手受傷，今天將就點吃吧。」

說着，爸爸從塑膠袋裏翻出三盒微波食品，說：「意大利麵、雞腿飯、蛋炒飯，你們先選。」

我搖搖頭，無法接受今天的晚餐只有這樣。

媽媽也搖頭，沒好氣地說：「陳俊彥先生，你忘了，我請你到市場買養生餐盒嗎？」

「我沒忘啊，楊宜臻老師。」爸爸一邊回答，一邊打開雞腿飯的包裝。「你不知道那裏有多難停車啊。」

通常這時候，媽媽是懶得再跟爸爸鬥嘴了。

衛生紙就擺在茶几邊，媽媽看了一眼，嘴巴撇了一下，那不是我們慣用的牌子，然後媽媽拿出袋子裏的洗髮精、沐浴乳、優酪乳、鮮奶、吐司，最後是一雙棉布手套。

媽媽瞪着手套許久，不知道這手套有甚麼問題？

爸爸扒了一口飯，咳了一下，又囫圇吞棗的吃了幾口，皺着眉把筷子放下，然後看着我說：「兒子，你不餓嗎？」

我看看時鐘，六點了，摸摸肚子，嗯，有點餓了，再看看桌上爸爸挑剩的意大利麵和炒飯，我想媽媽不會有意見，所以我就拿了炒飯。

爸爸為了省事、省時、省麻煩，完全無視媽媽的交代，連買晚餐都如此敷衍，傷腦筋耶！

我拿起塑膠湯匙挖了一口飯塞進嘴裏。噢！那黏黏膩膩的飯粒真難吃！

「兒子，你覺得如何？」爸爸問。

「難吃。」我搖搖頭，懶得形容。

爸爸拍拍大腿激動地說：「跟我想的一樣。這世界上，只有兩種食物讓我們父子倆都叫好，一個是我媽煮的，一個是你媽煮的菜。」

「嗯，奶奶和媽媽煮的菜最好吃了。」

「可惜，你奶奶現在不在這裏。」爸爸苦笑着。

「好了、好了，別吃了。」媽媽把我的湯匙拿走，丟進垃圾桶，再拿個大塑膠袋套住包裹紗布的那隻手。

啊！我知道媽媽為甚麼瞪着那雙棉布手套了。

媽媽要爸爸買塑膠手套，讓她可以將受傷的手稍做防護，爸爸卻買了棉布手套。

「文陽，媽媽去煮麵，等一下就可以吃了。」媽媽說。

我忍不住「耶」了一聲，今天我一定可以多吃一碗。

爸爸翹起二郎腿滑手機。我看着媽媽的背影說：「媽媽，你要小心傷口啊。」

媽媽微笑着回頭看我一眼。

「今天讓洗碗機洗碗吧，你不要再嫌棄那台洗碗機了。」爸爸對着媽媽的背影說，不過媽媽沒有回頭。

洗碗機是我小二那年，爸爸買的母親節禮物，但是，媽媽說我們一家三口沒幾個碗可以洗，何必浪費電，用手洗既經濟又乾淨。

奶奶家也有一台洗碗機，也是爸爸買的禮物，奶奶連箱子都沒拆封就擺進倉庫了，不知道是奶奶和媽媽感受不到爸爸的美意，還是爸爸一廂情願？

不到十分鐘，色香味俱全的美食被端到我和爸爸眼前，爸爸吃得呼嚕、呼嚕，我則吃得好感動啊！

這個星期三下課後，很不一樣！我再也不想體驗這種不一樣了。

第3章

媽媽生病了

幸福是，媽媽留在寶貝手掌心的「魔法親親」永遠不會失靈。

《魔法親親》是一本可愛的繪本故事。

我要上學的那一年，媽媽買了這本書，她抱着我，溫柔地為我讀故事——

每天都緊緊黏在媽媽身邊的小浣熊，到了該上學的年紀，但是小浣熊不想上學，不想離開媽媽，於是，媽媽告訴他一個祕密，那是小浣熊的外婆告訴浣熊媽媽的。浣熊媽媽攤開寶貝的手掌，低下頭，將嘴貼在小浣熊的掌心上，一股暖流從媽媽的嘴傳遞到小浣熊的手掌，溫暖的愛從小浣熊的掌心經過手臂，傳到他的心裏。很久以前，浣熊外婆也給浣熊媽媽這樣的親親……

浣熊媽媽告訴寶貝，這個親親有魔法，小浣熊到哪都有媽媽陪。小浣熊開心地笑了，感覺全身暖暖的，不再害怕離開媽媽去上學了。

最後，小浣熊也親親媽媽的掌心，跟媽媽說再見，帶着幸福的心情和媽媽分開，他知道媽媽會一直等着他回家，而且帶着媽媽的魔法親

親，就好像媽媽陪着他上學去呢！

我和媽媽也有屬於我們的魔法親親，從來不失靈，所以我覺得幸福。

媽媽的手燙傷後，我只有小小擔心了一下。

媽媽還是每天陪我上學。下課後，我會到媽媽的辦公室，等媽媽一起回家。爸爸一樣的悠閒、自在。

二度燙傷是皮膚表層到真皮組織受到傷害，醫生說，好好照顧傷口、定時換藥，大概兩個星期就可以慢慢恢復。

我上網查了關於燙傷的照護知識，心裏覺得踏實很多，幸好媽媽的燙傷面積不大，在當下也做了適當的處理，所以水泡面積很小，並沒有造成生活的不便。

但是，媽媽最近很奇怪，僅僅一個星期的時間，媽媽辦公桌上的作業本愈堆愈高，我常常看她坐在辦公桌前面，手裏握着紅筆，呆望着像座高山的本子，卻沒有打算將它們剷平。就算偶而攤開一本作業簿，拿筆勾一下，媽媽就揉揉眼睛，再撇一下，媽媽又按按額頭，然後出現我不熟悉的表情——眼神空洞的望着作業山，她好像看到了我看不到的另一個世界。

媽媽深鎖的眉頭，讓我覺得她有甚麼祕密。

這個祕密，會讓她離我愈來愈遠，甚至慢慢地消失……啊！我為甚麼會這樣想？

這突然的聯想，讓我發抖，不禁緊張得叫了一聲：「媽媽？」

最近，媽媽常常聽不到我喊她。

「媽媽！」我總要大聲一點，她才能察覺我的呼喚。

然而，不像以前，我們的眼神可以對焦，在彼此的眼中看到默契和安心。

我太習慣媽媽對我投射出熱切的眼神了，現在，她心不在焉，有一種焦慮和不安存在她的眼底。

「甚麼事？」媽媽問我，臉上沒有我熟悉的笑容，話也變得不多。

以前，媽媽也會出現這種惜字如金的狀態，那是她忙着批改作業或認真備課；有時是她忙着整理家務或趕着出門。

第3章 媽媽生病了

當媽媽要專心完成某件事的時刻，是不希望被打擾的，可是現在的媽媽只是在發呆，這太奇怪了。

我打起精神，說：「媽媽，你知道嗎？我們班的服務股長要負責搬餐桶，還要幫忙打菜，老師要我每天點三個人幫忙，在同學吃飽以後負責收拾殘局。」

媽媽微笑了，她回過神來，關心地說：「你做得很棒，對吧？」

「我是被趕鴨子上架的！」

「老師慧眼識英雄，想開發你這隻鴨子的潛能，然後鴨子就能變天鵝了。」

「欸！媽媽，這個不好笑啦！」我的能力才不會顯現在幫忙打雜這件事情上咧！

媽媽收起笑，認真地說：「寶貝啊，比讀書更重要的事情很多、很多，其中一項就是生活的能力，現在有能力幫別人打菜，有一天你就會幫自己買菜；有機會讓同學在你的指揮下服務人羣，也是讓你增長自信的過程，這些都是以個人的學習為出發。還有很多收穫是不需要媽媽講，但你會在同學身上發現的。」

我雖然點頭，卻感覺無奈。

媽媽早就表態，她不會幫我跟巫婆推掉這個職務，現在還說出這樣的話，完全認同巫婆對我的「迫害」，原來媽媽不是甚麼事都挺我……

雖然有小小的失望，不過我願意聽媽媽的話，往正面想，當一天和尚敲一天鐘，當一天服務就打一餐菜，至少打了一星期的菜，我已經能分辨甚麼油亮度的高麗菜好吃，也突然發現，學校的營養午餐吃雞肉的次數比吃魚多太多了！

油亮的高麗菜很美味，但是好吃不一定健康；魚肉比雞肉貴，所以難得吃一次。以前我都沒發現這些，現在週一到五都親自站在餐桶前，看多了自然明白。

我想再跟媽媽分享其他幾個股長的誇張行徑，例如：賴子福班長竟然自然課、資訊課傻傻搞不清，把全班帶到資訊教室要上自然課，賴在電腦教室跟正要上課的班級對嗆，死都不肯退讓，同學提醒他走錯了，豬頭班長說他是班長，不會錯的，不管如何就是一定要在電腦教室上課，整個脫序到底。

最後巫婆老師黑着一張臉出現在電腦教室，請毛婷婷把同學帶到自然教室，賴子福則被老師拎走。

真是可憐巫婆了，又瘦又小的她，要使出吃奶的力量才拎得動那豬頭班長，啊哈哈……媽媽一定也會覺得好笑。

咦？媽媽又發呆了。

「媽媽，你是不是傷口痛？」我輕輕地推了她一下。

「不會。」

「你好像有心事耶？」

「沒事。」

「啊。」

「文陽……」

「嗯？」

「你的功課有問題嗎？」

「有，媽媽，你看我這題數學為甚麼會錯呢？」我指着數學複習本上的題目。

媽媽探頭一看，很快地說：「你粗心，請把題目看清楚再來問我。」

「啊……」我知道媽媽不高興了。

「文陽，你……」

「嗯？」媽媽要訓話了。

昨晚，媽媽就對我說了很多嚴厲的話，因為我找不到橡皮擦，媽媽要我仔細再找找，說我太迷糊了，要改一改依賴的個性，否則將來吃虧的會是我自己，因為我還沒學會為自己的生活負責。

我不懂，只是一個橡皮擦，媽媽的反應為甚麼這麼大？以前，我的橡皮擦也不時遺失，媽媽總是笑瞪我一眼，提醒我要收好，然後再拿一塊新的給我。

沒想到這次，媽媽竟然不停地對我說教，不只我嚇到了，連爸爸都感到驚訝，最後爸爸笑着替我說情，說責任感要日積月累的培養，急不得的。

但是，媽媽立刻轉移目標，對爸爸說，他也該為我們家扛起一些責任，不是只要記得回家就好……

媽媽愈說愈急，爸爸只好陪笑，說好、好、好，他會改進。

這是爸爸和媽媽的默契，媽媽不喜歡跟爸爸鬥嘴，爸爸也不會跟媽媽的情緒一般見識，他們幾乎沒有吵過架。就算爸爸經常缺席我和媽媽的日常生活，他在我的心裏還是一百分，因為有媽媽全心陪伴我，當我們需要爸爸的時候，爸爸也在，我不會希望爸爸有甚麼改變。

是燙傷的關係，所以媽媽的情緒變得焦躁嗎？

爸爸偷偷跟我說，媽媽最近好像母老虎，他的皮繃緊緊的，下班都不敢和同事去釣魚了，頂多喝杯茶、聊聊天，就趕快回家「打卡」，省得被媽媽盯。

我也應該把皮繃緊才是。

「我去上課，你把題目再想一想。」媽媽站起身。

「媽媽，你不是有話要跟我說嗎？」

媽媽看着我，欲言又止地揉揉我的頭，說：「媽媽希望你可以學着照顧自己。」

我想說，有媽媽照顧我，真的很幸福，我根本不想那麼快學會獨立。不過，我清楚的知道，這個時候還想撒嬌就欠罵了。

「媽媽，我知道了，你放心去上課吧。」

媽媽又揉揉我的頭髮，轉身要離開的時候，突然撞倒隔壁的椅子，她「唉」了一聲，手裏的課本掉到地上。

我反射動作的站起來，很快撿起課本，把椅子扶正。

媽媽一隻手接過課本，用受傷的手輕扶着桌子，臉上的表情驚魂未定。

我輕輕握着媽媽扶桌子的手，發現那指尖冰涼異常。

我趕緊說：「媽媽你不要怕。」

媽媽是不是想起上次燙傷的情形，所以嚇到了？

媽媽吃驚地看着我，微笑說：「謝謝你，陽陽寶貝。」

我咧嘴笑了，我喜歡媽媽這樣叫我。

我牽起媽媽那隻受傷的手，在紗布上親一下，然後說：「給你一個魔法親親，記得有我陪你，現在去上課吧！」

媽媽把她的手放到脣邊，笑着點點頭，然後轉身上課去了。

我看着媽媽的背影，心想：燙傷本來就很痛，一定是太痛了，才讓温柔的媽媽失去了笑容。

剛才看到媽媽差點跌倒，我一連串的補救動作是這幾天練出來的，不管是在家，還是在辦公室，媽媽常常心不在焉，意外頻傳。

一開始，我會因為她的失誤嚇一跳，漸漸的，我發現自己的用處，就是能很快地幫忙善後。

希望我的魔法親親可以幫助媽媽，就像小時候，當我不安的時候，媽媽總是讓我帶着她的魔法親親。

但是這次，我的魔法親親失靈了。

「文陽，快點去爸爸的辦公室。」李家燕老師匆匆忙忙地跑進辦公室。

我驚訝地站起來，聽見李家燕老師說：「媽媽下樓梯的時候踩空跌倒了，學生把她扶到俊彥老師的辦公室，馬上要去醫院檢查了，你快點跟去。」

怎麼會這樣呢？

我衝出去，只想盡快到媽媽身邊……

爸爸開車，我和媽媽坐在後座，我緊緊握着媽媽的右手。

「媽媽，怎麼辦？你的額頭流血了！」雖然貼着紗布看不到傷口，但是紅色的血滲出，看得我怵目驚心。

「沒關係，護士阿姨幫我做簡單的止血和包紮了。」

「媽媽，你會不會腦震盪？腦袋裏會不會有血塊？會不會……死掉啊？」

「傻瓜，你可以這樣想：幸好媽媽只是受了一點小傷，幸好媽媽還可以跟我講話。」

「這樣想，你會比較好嗎？」

「當然啊，正面的想法會帶來正面能量，不好的想法只是嚇自己。」

「嗯，媽媽一定不會有事的。」

爸爸一句話也沒說，慢慢把車停下來，因為又遇到紅燈了。

第3章
媽媽生病了

從學校到醫院只有五分鐘的車程，爸爸明明很專心地開車，為甚麼我還是覺得這段路途好遠啊？

我緊張地看看媽媽，又看看擋風玻璃外面的號誌燈，突然，一輛疾駛的救護車發出「啊伊～～啊伊～～」的警笛聲超越我們，那聲音好刺耳，我的心跳得好快、好快。

媽媽說得沒錯，我要往好處想，她只是受傷，還能清醒地跟我說話，這已經很幸運了。我可以想像，坐在救護車上的家屬是如何的徬徨和焦慮，這一路肯定很煎熬。

在煎熬的過程中，爸爸陪着我，媽媽安然的坐在我身旁，謝謝老天爺啊！

終於到了，爸爸和我扶着媽媽踏進醫院，冷氣迎面撲來，一股刺鼻的藥水味讓我猛打哆嗦，心微微顫抖起來。

媽媽躺在病牀上被推走了，護士說要做詳細的檢查，包括腦部X光。我坐在診療室外面，雙手不安地絞在一起；而爸爸站在走廊上，護士小姐正和爸爸輕聲地說明甚麼事。

我突然想起媽媽說的「媽媽希望你可以學着照顧自己」，這是預言嗎？以前，媽媽只會說「沒關係，媽媽會陪在你身邊」。

我全身僵硬的坐着，屏住氣息等待，憋不住時才慢慢地將肺部的空氣放空，再一點、一點的吸進空氣，我的肺部、我的意識，都排斥着摻雜病毒的藥水味。

「放輕鬆。」爸爸和護士小姐說完話，坐到我身邊來，握握我的手說：「媽媽在照X光，等一下就可以出來了。」

我點點頭，問爸爸：「護士小姐說甚麼呢？」

「等一下醫生會跟我們說明媽媽的狀況。」

「如果媽媽沒有腦震盪，是不是就沒事了？」

「可能吧。上次媽媽燙傷來醫院的時候，順便做了健康檢查，今天醫生要跟我們說明檢查結果。」

為甚麼一向大而化之，凡事開朗面對的爸爸會心事重重呢？

「啊。」我腦海的線路豁然一閃，答案呼之欲出……有種不好的預感！

第3章 媽媽生病了

最近，媽媽的狀況很多，走路常撞到，改作業不專心，情緒起起伏伏的，有時候還會對我說些奇怪的話……

媽媽生病了！是甚麼病？怎麼辦？來得及醫治嗎？

我全身發冷又發麻，想像力沒有為我插上翅膀，翱翔於繽紛的天空，卻帶我墜入森冷的幽谷。平日的廣泛閱讀，讓我知道一些課本和生活中不曾學習的知識，我聽過肌肉萎縮症、漸凍人……我愈想愈害怕。

「視神經萎縮。」醫生說。

爸爸和媽媽同時倒抽一口氣，我想他們應該會急忙追問病情，但是沒有。

媽媽坐在椅子上，我和爸爸站在她身後，面對爸媽異常的沉默，我忍不住着急。

醫生指着X光片說：「這次的撞擊並沒有造成顱內傷害，但是視神經萎縮已經確診，至於為甚麼造成病變，經過上次的檢查，我們可以排除是顱內病變所致……」

我再也受不了爸媽的沉默，急忙問：「醫生伯伯，有辦法醫治嗎？」

雖然我只是小學五年級的學生，但從字面上，我可以知道「萎縮」的最終結果是甚麼，儘管知道，我還是要問，希望醫生可以告訴我其他可能。

「過去有一些嚴重的病例，結果就是失明，或者只存留一點點的光感，有人把視神經萎縮比喻成眼睛的癌症，病患和家屬都應該做好心理準備。」

「甚麼心理準備？」我問。

「我建議利用藥物延遲視力退化，病例顯示，楊女士曾經做過遺傳病的檢測，遺傳的視神經萎縮跟染色體有關，在治療上相當棘手，這點，你們大概有相關的知識，也想過優生保健的問題吧……」

醫院的藥水味讓我快窒息了，這就是和死神或者病魔拔河的味道嗎？

這是一場夢嗎？

有一次在課堂上，簡麗珍說她曾經做過一個夢，夢裏她爸爸就坐在她身邊，一個女人背對着她愈走愈遠，她知道那就是媽媽，她心急地跟爸爸求救，爸爸卻不理，她拼命地喊媽媽，但是女人愈走愈遠……在那個夢裏，她覺得自

己像個被丟棄在水溝裏的孤兒，任憑她怎麼哭喊也沒有人理她。

好孤單、好無助的感覺。

我現在懂簡麗珍的心情了。

我真希望這只是一場夢，夢醒了，媽媽還是我溫柔又堅定的依靠；夢醒了，爸爸還是那個悠閒、自在的生活白癡。

回家的路上，爸爸沉默地開着車。

媽媽握着我的手說：「寶貝，媽媽暫時不能牽着你的手陪你上學了。」

倏忽釐清的答案讓我一腳踩空，我又陷入另一個茫然的空間裏，腦海的思緒層層糾結……

媽媽說過，她的外婆是盲人，早年的生活環境很單純，農村的活動空間大，媽媽的外婆雖然看不見，卻可以在家自在活動，因為很清楚哪個地方擺甚麼家具，就算眼睛看不到也不會碰撞、跌倒。

外婆在媽媽小時候就去世了，我有一個舅舅，是外公續弦生的孩子。家族裏，除了媽媽的外婆，還有誰遺傳了視神經萎縮？

「我沒辦法接受這個事實。」爸爸沮喪地開口。

「你必須接受，你知道我媽媽在生前也檢查出問題，在我們結婚前我毫無隱瞞的告訴過你，我也不知道自己哪一天會……」媽媽急促地說。

我想她是為了掩飾自己的情緒，如果不急忙往下說，可能會哭出來。

如果外婆沒有早逝，也會成為盲人嗎？我好意外啊！

車子停了下來，爸爸重重地拍打方向盤，車子跟着震動，我和媽媽都嚇了一跳。

爸爸咆哮：「你都感覺不對了，走路跌倒，視力早出問題了吧，為甚麼不趁早檢查？」

爸爸突然爆發的怒氣，讓我恐懼。

媽媽卻冷冷地說：「這是遺傳，我們結婚以前就討論過，你說你相信命運的安排，就算有天我瞎了，你還是會牽着我的手，和我走一輩子。你忘記了嗎？」

「我沒有忘，只是……」爸爸的聲音變得沮喪：「只是沒想到真的會這樣！」

「你後悔了？」媽媽問。

如果答案是肯定的，媽媽的心一定會像玻璃撞擊石頭，碎了一地。

綠燈了，車子向前直駛。

不知道過了多久，爸爸說：「對不起！我必須有一個出口紓解我的不安，對不起。」

媽媽沉默着，我不敢轉頭看她，我害怕看見傷心的媽媽，也害怕看見倔強而強忍委屈的媽媽。

我們一家三口坐在車子裏，讓人窒息的空氣將我們包圍，車子疾駛在回家的路上，但是我覺得前方的路好陌生，好讓我不安哪！

唯一熟悉的，是我的手被媽媽握在掌心的感覺。

我的手心朝下，和媽媽的手心貼緊，我們的魔法親親都失靈了嗎？

即使是這麼近的距離，我也感受不到媽媽的溫暖，從媽媽掌心傳來的冰涼沁入我的心底。突然，一顆溫溫、濕濕的水滴落到我的手背，那輕薄的力量、微弱的溫度撞擊我的心，讓我全身一震。

我低下頭，發現手背上那顆水滴無力地滑落，在我的皮膚上留下一道水痕，然後一滴、一滴、又一滴……

眼淚，原來有聲音，啪答、啪答！一聲聲拍打在我的心上，讓我覺得心好痛。

媽媽緊抿着嘴脣，止不住的眼淚成串的滴落，我的害怕、我的心痛，都讓我認識到自己的自私，現在最無助的人不是爸爸，也不是我，而是媽媽。

但是我可以做甚麼呢？連醫生都不能改變的事，我還能做甚麼努力呢？

終於，我忍不住「哇」的一聲哭了出來。

我……害怕媽媽會瞎掉，也害怕爸爸生氣的模樣，害怕媽媽明明在我身邊，卻變得好陌生，我好害怕、好害怕……

媽媽將我攬進懷裏，爸爸繼續開着車。夜色湧進車內，我們對未來充滿了不確定感，但是我們無法因為傷心而改變前進的方向。

第4章

黑色星期三

幸福像放在一只籃子裏的雞蛋，每個人都限量擁有，一旦領取光了，幸福就此不再。

今天的日記我想寫我今天想到的事情：

如果朱小強有爸爸也有媽媽，還會每天在街上撿資源回收嗎？

如果簡麗珍有媽媽，那麼簡麗珍的個性會不會像楊可欣一樣溫柔？

如果媽媽的眼睛沒有問題，我一定不會想知道這些如果。

如果生命沒有如果，是好還是壞呢？

媽媽罹患遺傳性的視神經萎縮，無法開刀醫治，藥物治療也只能延緩萎縮的速度，我們只能接受媽媽的視力將逐漸退化的事實。

醫生建議家人趁早做好陪伴和照顧的心理準備，而媽媽也必須思考之後的生活規劃，例如：工作交接、學習和適應黑暗的生活。

知道媽媽的視力將逐漸退化，已經過了一個星期，這一整個星期對我來說真是難熬。我想了又想，仍想不通許多問題，不久以前我們還過着幸福的日子

第4章 黑色星期三

啊，為甚麼一下子全變了？如果時間可以倒轉，我可以改變甚麼？我想甚麼也不能改變吧，就像媽媽說的，這是遺傳，會不會發生是一種機率，發生了也沒有甚麼好意外的。

假如時間能倒轉，我會更珍惜媽媽健康的時候，我會把握媽媽陪伴我的每一天。因為幸福得來不易！這樣的體認沒辦法讓我變得勇敢，我只是一個任由命運擺弄的徬徨小孩，就算是爸爸和媽媽，他們都是成熟的大人，我也覺得他們心中充滿着不安。

爸爸的日子不再逍遙自在，他總是下班就回家，卻經常愁眉不展；媽媽開始忙於交接工作，並對我做心理建設，她說不管如何，都會陪着我長大，也會適應將來的改變，但是我們都需要時間接受突發的情況，也要學習面對未知的阻礙。

唉，我以為我會一直幸福着，對於不幸福的人我從來不覺得同情，但是現在，我想得很多，而且總是想着一些不幸福的人。

媽媽跟我說過，我出生的那一天，她在醫院的雙人病房裏認識一個女孩，那女孩很年輕，只有二十一歲，卻已經有兩個分別是四歲和兩歲的女兒，那次住院，她又生了一個孩子，第三個孩子是個男孩，和我同一天出生。

在病房裏，媽媽餵我吃母奶，隔着布簾，媽媽聽見隔壁病牀的對話，女孩的媽媽才四十多歲，已經當外婆，這個外婆很不高興地罵着病牀上的女兒，原來他們的家境不好，偏偏女兒連生了三個沒有爸爸的孩子，離譜的是，三個孩子的爸爸都不相同。

孩子的爸爸去哪裏了呢？我問媽媽。

媽媽說她也不知道，又說，人類是有家庭觀念的，通常謹守倫理，但也有少數人例外，就像動物媽媽生了孩子，爸爸卻沒有負起生養的責任。而這個年輕媽媽可以負責任嗎？

女孩的狀況不好，生下孩子後，護士不同意母嬰同室，女孩說她想看看小寶寶，護士厲聲告訴她，先把自己照顧好吧！女孩便情緒崩潰地號哭……

媽媽說，她無法想像，孩子將來要過甚麼樣的生活呀！那個小嬰兒和我同一天、在同一家醫院出生，卻和我有不一樣的命運，這讓媽媽覺得感傷。

聽媽媽說故事的時候我有太多不懂，但是現在，我感受到了媽媽當時的揪心，同一天出生的兩個寶寶，我有父母呵護，那個寶寶卻沒有爸爸，他的媽媽情緒又不穩定，連自己的生活都無法負責，怎麼照顧孩子？

如果真有投胎這件事，假設在投胎之前，我和那個寶寶陰錯陽差的對換了，現在我和他又有甚麼分別？我曾經的幸福不是自己努力來的，只是幸運！別人的不幸也不是他們願意的。

就像巫婆老師說的，人生來就必須面對不公平的待遇。

如果我出生在朱小強的家，現在每天幫忙撿回收的就是我了；如果朱小強出生在楊宜臻老師家，是不是會比我勇敢地去面對生活的改變？不、不、不！我才不希望有這種如果呢！想起來都覺得可怕，我猛搖頭，怎麼愈想愈多，愈想愈過頭呢？

「陳文陽！」巫婆老師喊我了。

我抬頭看向講台，巫婆老師問：「你身體不舒服嗎？」

我搖搖頭。

巫婆老師繼續上課，她說：「一個月內把關心組員的記錄完成，先說好，沒有完成的人，要交三篇作文過來，題目自訂，每篇六百字。」

巫婆老師一說完，同學便七嘴八舌地說：

「啊！一千八百字喲！」

「傻瓜也要寫記錄。」

「對啊！三十個字也能交差。」

「馬上要吃午餐了，先整理書包。服務股長！」

甚麼報告啊？感覺是苦差事。

「服務股長！」巫婆為甚麼要叫個不停？這樣一直叫，讓我覺得很吵耶！

我心煩意亂的把書本塞進書包裏，原來心煩的人，真受不了吵。

「欸！叫你啦！」朱小強用手肘猛頂我一下。

我跳起來，揉揉被撞痛的手臂，瞪了朱小強一眼。

就算我能同情很多不幸的人，我也不會可憐朱小強，誰教他的態度這麼囂張。

「服務股長，請同學幫忙，準備用餐了。」

我猛一抬頭，聽着老師對我交代工作，呆呆看着老師走向她的辦公桌……

啊！對，我是服務股長。

「欸，你。」我敲敲朱小強的桌面。

「我是衛生股長耶，你叫不動我。」朱小強抬高下巴說。

「甚麼股長？你是總統也要幫忙。」我不屑地睨着他。

「老師有說，股長不可以命令股長。」

「我沒有命令，我是請你幫忙。」

「你拜託我啊！」

無聊耶你！我想這麼說。

「不然請老師來評理啊！」朱小強一副佔上風的樣子。

「不用。」我沒心情跟他耍幼稚，但今天非要他聽我的不可，因為心情很差，差到想要有人跟我一樣不高興才能平衡。

朱小強哼了一聲。

「班長、學藝股長、衛生股長。」我大聲對全班說：「今天請這幾位股長幫忙我，一起為同學盛飯菜。」

「為甚麼？」朱小強從椅子上跳起來，大聲嚷嚷。

「沒有為甚麼啊！」我微笑注視朱小強的怒目。

「老師覺得文陽的做法很好，每位股長雖然都有自己的職責，但可以一起為班上同學服務，是很棒的事。」

「可是老師，衛生股長不願意耶！」我故意大聲報告。

「小強，你不願意幫忙嗎？」老師問。

朱小強氣得鼻孔都冒煙了。

哈，以前就覺得他不聰明，現在證明他真的很笨耶，竟然還在掙扎，好像答應幫忙就輸了，笨蛋！結果顯而易見，妥協才可以留一點好名聲嘛。

朱小強還計較地說：「我是衛生股長，有自己的工作要做，陳文陽為甚麼不用幫我檢查掃具間，也不幫我處理回收？」

「小強，老師相信只要你提出合理請求，文陽也會很樂意幫忙啊。」老師說。

這時，鐘聲響了，我舉手報告：「老師，我先去搬餐桶，不要耽誤大家吃飯的時間。」

「蟑螂，你是我兄弟，我也不能跟你站同一邊啦！來幫忙啦，快點！」賴子福扯開嗓門說着，也跑出來搬餐桶。

毛婷婷也站起來，嘴裏唸着：「小事而已，朱小強你是計較甚麼啊？」

「我不是計較，是陳文陽……好啦、好啦！我幫忙啦！我只是不想聽陳文陽的話啦！」朱小強跺腳解釋，但是沒有人想聽他說。

我已經把餐桶都搬到餐台了，同學們依序排隊取餐，最後朱小強鼻子一摸，過來幫忙。

我不喜歡跟別人鬥嘴，但是朱小強針對我的那股敵意，怎麼也無法忽視。說我要對付他，才不是咧，只是借機鬧一鬧，暫時轉移為媽媽擔憂的心情。

吃過午餐，準備排路隊的時候，我才知道剛才上課的重點：巫婆老師要我們主動關心組員，幫每個組員做一件好事，規定要和對方的家庭有關，並寫下簡短的記錄，但是不可以侵犯隱私，在關心和協助的過程中，不能讓那位同學感到不舒服，可以是和同學的媽媽聊幾句、關心同學的心情，或者打電話給同學，乘機關心一下近況……

楊可欣告訴我上課的重點後，我想說：這又是整人遊戲。

自己的家庭都有重重難題了，我根本沒心情去關心別人家的事，還有老師以為打電話很容易嗎？沒事打電話給同學幹麼啦！只有像問功課範圍、請同學幫忙請假，或者和交情好的同學講講誰的八卦才睡得着……這類事情才需要打電話吧。

沒事故意打電話去打擾人家，還假裝關心的問一堆問題，很不好啦！

即使要交三篇作文我也認了，整人遊戲我才沒興趣玩咧！

今天又是星期三了。

從開學到現在，似乎每逢星期三都有不好的事發生在媽媽身上，真希望不

第4章 黑色星期三

要再有意外了。

這個星期，媽媽開始服用藥物，以減緩萎縮速度，也兩次上台北，到不同的大醫院做檢查，不過過了七天，我卻覺得好漫長……

每天的生活都和以前有一些不同：確定病情後的某一天，媽媽剪了一頭短髮，我從來沒想像過媽媽短髮的模樣，她的臉形瘦長，並不適合短髮；我也沒想到媽媽不再牽着我上學的時刻這麼快就來了，我們一起坐爸爸的車，車子在校門口停下，我向爸媽揮揮手，很不習慣地走進校門，少了和媽媽手牽手走路上學的談心時光，我心裏有好多話悶得很難過。

這幾天，媽媽很忙，她好像要利用還看得到的日子，把一些事處理好，但是我又不知道她在忙甚麼，她獨自出門，不需要爸爸協助，只要求爸爸在家陪我。

不管媽媽多忙，每天傍晚她都會煮晚餐，昨晚甚至把我叫進廚房，教我如何開瓦斯爐，告訴我怎麼熱鍋、下油，怎麼打蛋……

看到火，我很害怕燙到，媽媽卻不給我退縮的機會，她要我拿起鍋鏟，看清楚哪個時候可以翻蛋。

我猛吞口水，用食指和大拇哥揑着鍋鏟，撥一下，再推一下，那顆蛋很不合作的在平底鍋上滑來扭去，眼看邊緣開始焦黃了，媽媽接過鏟子輕輕一動，焦蛋立即翻身了。

一顆荷包蛋的成形原來頗費工夫。

媽媽打定了主意，一個晚上要教會我煎蛋，所以我花了一個小時又十五分和蛋殼、鍋鏟搏鬥。

不知道有幾次，當我打蛋時，「喀」一聲整顆蛋揑碎在手裏；也不知道有多少次，當我用盡洪荒之力要翻起那薄小、輕盈的蛋時，一下將它翻出了鍋外……

「哇！我們可以去賣早餐了。」看着盤子裏堆疊得像座高山的荷包蛋，我忍不住驚呼。

雖然那座蛋山底下滿是焦黑的失敗品，媽媽卻滿意地笑了。

「明天教你煮白飯，再來就教你煎豆腐和炒青菜。」

第4章 黑色星期三

「啊啊！媽咪，你要訓練我當大廚師嗎？」

媽媽笑着摸摸我的頭，說：「你開心，媽媽就開心了。如果你以後想當個大廚師，媽媽會舉雙手贊成。」

自從媽媽的眼睛出問題後，我再也沒有開心過，那一刻和媽媽看着那座蛋山，我們找回了往日的快樂。

我想到一句話：「面對太陽，陰影就在你的身後。」

雖然不容易，但面前那座荷包蛋山就像太陽，把我和媽媽的陰影趕到身後去了。

我一邊想着昨晚和媽媽一起煎荷包蛋的情景，一邊走進媽媽的辦公室。

正當我要拉開椅子坐下來寫功課時，汪晴老師提高音量提醒我：「文陽，媽媽已經不坐這邊的位置了。」

啊！我的動作瞬間定格，陽光倏忽消失了，眼前飄來層層烏雲……我不知所措地呆立着。

怎麼辦？我不想改變原來的生活，就連每個星期三走向媽媽辦公室的這段路也不想改變，我真的不想改變，不行嗎？

「等一下代理老師就會回來了，以後她會坐你媽媽的位置。你忘記了嗎？從昨天開始你媽媽就請假了。」汪晴老師說。

我想起來了，昨天讀整天，四點下課後，爸爸直接到校門口接我回家，回到家，媽媽已經準備好要教我煎荷包蛋了。

今天我上學的時候，媽媽也沒有跟着出門，還提醒我從今天開始，下了課就到爸爸的辦公室等。

日子過得好慢，這天又來得好快，不管我是否接受，都必須向前走，現在我必須離開這間辦公室，因為媽媽已經不在這裏了。

「文陽，記得到爸爸的辦公室啊。」這次是李家燕老師好意提醒。

我點點頭，揹着沉重的書包慢慢走出辦公室，隱約聽到老師們說着：

「唉，真可憐。」

「請長假嗎？」

「不會回來了吧……」

「最後就是瞎掉……」

瞎掉！那個我拼命逃避的字眼，還是無情地穿入我的耳膜，像一把刀刺進我的心。

我來到爸爸的辦公室，爸爸去上課了，我拉開他的辦公椅坐下來。

其實我很想自己走路回家，但是媽媽在家嗎？

為了不讓媽媽擔心，我還是待在這裏完成作業，等爸爸下班一起回家比較好。

「咳！那個小朋友！」

我聽到一個低沉的聲音，循聲看過去，說話的人正看着我，他就是古山國中的學務張主任。

「張主任，我來等爸爸下班。」我對這所學校的人事和環境都很熟悉，自然猜得出張主任對我的疑惑。

「主任，文陽的爸爸是俊彥老師。」常常和爸爸一起打球的光齊老師說：

「宜臻老師的事我們大家都很意外，最近俊彥老師的心情也不好。」

「我知道，但是小朋友為甚麼來這裏啊？」張主任皺着眉頭。

「以前文陽下課都會到宜臻老師的辦公室寫功課，現在當然是來找爸爸啦。」江程程老師解釋。

她是光齊老師的女朋友，同樣是體育老師。

「這不對！如果每個老師的孩子都到學校寫功課，辦公室就變成課後安親班了。」張主任繃着臉。

媽媽說過，張主任有鐵面無私的封號。

「主任，通融一下啦，孩子一下子也還沒適應媽媽不在辦公室的事，如果這裏也不能來，教他怎麼辦啊？」江程程老師說。

「是啊，主任，文陽很乖，寫完功課也不會影響大家。」光齊老師說。

「到學校的圖書館去吧。江老師，你跟圖書館的林小姐知會一聲。」張主任說。

我默默地站起來，揹起書包往外走。

江程程老師追上來說：「文陽，老師陪你過去。」

我搖搖頭，勉強擠出微笑說：「不用，媽媽以前常帶我去圖書館，我很熟，謝謝您。」

江程程老師揉揉我的頭髮，這是媽媽常常對我做的動作，我趕緊轉身，快步往圖書館的方向走，不想讓任何人看到我的淚水。

為甚麼我的生活不一樣了？

從我出生開始，媽媽便無微不至地照顧我，只要我有需要，媽媽一定立刻出現在我身邊。但是現在呢？沒有人告訴我未來的路該怎麼走，媽媽再也不能牽着我上學，不能等着我下課，我真的很難過，而媽媽對這些改變是不是也很難過呢？

媽媽連自己的未來都不能掌握了吧？

我們一家人都很徬徨，所以選擇沉默地避開戳破傷口的痛，走過今天，通往明天，一天又一天，生活已經少了心情篤定的安閒、自在。

我攤開掌心，再也看不到神奇的魔法親親了。

黑色星期三，我沒有去古山國中的圖書館，我到了設立在學校一隅的體操館。

爸爸是古山國中的體育老師，也是縣立體操館的體操教練，每天下午，爸爸會在體操館內訓練選手。

我獨自在觀眾席的階梯上完成功課，然後伸伸懶腰，站起來靠着二樓的欄杆往下看。

爸爸正帶着國中組的選手做吊環訓練，小學組的選手由另一位教練負責，大專組的選手各自練習，鞍馬、地板、雙槓……

幼稚園中班時，爸爸曾帶我到體操館參加訓練。

幼兒時期的體操課程以遊戲為主，玩彈跳牀、海綿池，練習單槓擺盪動作，也必須倒立和翻滾，喜歡受訓練的就會留下來……

然後走上那些大哥哥走過的路，漸漸地把這項活動視為生活重心，願意付出時間繼續又爬又滾，然後成為教練積極栽培的選手。

就像爸爸說的：「第一年在地上爬，第二年在地上翻，第三年就慢慢地往

天上飛了。」

爸爸希望我接受體操訓練，但是媽媽希望我上小學後就停止這項活動，不管我多麼想繼續玩體操，媽媽都不答應，她說有更好玩的事等着我去發現，如果有一天，我發現體操還是最好玩的，她一定不會反對我回來。

媽媽是對的。我沒有遺傳到爸爸的運動細胞，喜歡在這個體操館又翻又滾又跳，只因為好玩。

上小學以後，我漸漸發現，所謂的「快樂學習」是一句騙孩子的話，沒有任何一項出類拔萃的專業，是不費吹灰之力就能玩出一片天的。

爸爸說，當時跟我一起參加幼兒體操訓練的小朋友有十個，上了小學後陸續退出，因為訓練必須付出體力和時間，很多孩子漸漸發現不好玩，手都長繭了還是得練習，於是開始跟爸媽吵着說不想參加了，也有父母心疼孩子太辛苦，加上訓練時間過長，無法顧及課業，而選擇退出。

和我同一梯次玩體操的同學，只有四個人堅持下去，不過前陣子有一個因為品行不佳，被總教練強迫退出。爸爸說很可惜，但也無可奈何，學生不知檢點，教練也沒辦法給機會了。

我看着館內的情景：跑、跑、跑……跳……飛……翻……滾……落……好漂亮的動作啊！

有個小學選手剛完成漂亮的前空翻滾，我忍不住張開嘴巴，喘口氣，他真是太強了！

能堅持下來的選手真厲害，雖然小時候的同學我都不記得他們的模樣了，卻記得十個小蘿蔔頭就像跳蚤，在海綿池裏又打又鬧的好玩回憶，那時候，我常和一個綽號「猴子」的同學玩。

猴子最會爬繩索，一下子就爬到了頂端，而我連繩子的四分之一都爬不到。

每次我被取笑的時候，猴子就會生氣地叫他們不要笑，不然他就去告訴教練，讓教練不要給他們巧克力和點心。

猴子不只會爬繩索，翻滾也很俐落，甚麼動作都是他最先學會的，所以大部份的小朋友都喜歡跟猴子玩，但是猴子卻最喜歡第一遜咖的我，猴子叫我巧

克力，因為我每次從教練手上拿到巧克力，就會趕快塞給他。

猴子愛吃巧克力，我卻討厭巧克力。

猴子最怕喝鮮奶，我卻超愛鮮奶的。

「猴子不要跑……」

我聽到樓下的走廊傳來喊叫，反射性地衝向樓梯，我想看看猴子，不知道他還記得我嗎？

走廊上沒有人，我往館外跑去，看見一個大哥哥正追着一個小學生，那個小學生的背影好熟悉耶！好像是……

「陳文陽。」有人叫我。

我轉頭看見爸爸，爸爸的臉色很難看。

晚上，我知道爸爸的臉色為甚麼難看了。

原來李家燕老師打電話給媽媽，媽媽知道我去了她以前的辦公室；江程程老師也打電話給媽媽，她也知道了張主任要我去圖書館的事；於是媽媽立刻打電話到圖書館，圖書館的林小姐說我不在那裏。接下來，爸爸接到一通十萬火急的電話，媽媽要爸爸立刻找到我。

爸爸一走出體操館，就發現我了。

沒想到，爸媽因此吵架了，媽媽指責爸爸不關心我，才讓我像顆皮球一樣被踢來踢去。

爸爸則為自己辯解，他在上班，既不是保母也不是安親班老師，他沒辦法像媽媽公私不分，張主任的做法也沒錯……

我很難過，錯的是我吧？

第5章

亂成一團的生活

幸福是……每天有又長又臭的流水帳可以寫。

今天沒有日記，因為我甚麼都不想記。

當我開啟腦海的記憶檔案，有些檔案會牽引着我走進一座迷宮，我經常在裏面迷失，找不到線索，也找不到出口，只能確定我是為了誰進入這座迷宮裏，只能隱約記得迷宮開始的景象，之後總是跳躍着模糊和無法連結的片段。

那是我很小、很小的時候，媽媽抱着我，奶奶笑得合不攏嘴。

姑婆捏捏我的臉頰，笑說：「好好啊，陽陽有伴了！」

我轉頭躲進媽媽懷裏，沒有經過我同意的觸碰總讓我繃緊身體，我沒有辦法跟那些大人說我不喜歡，也不知道該怎麼說。

「陽陽，想要弟弟還是妹妹啊？」姑婆在我耳邊詢問。

媽媽的手放在我的肩上，緊緊攬着我。

奶奶笑嘻嘻地說：「妹妹好，生個妹妹湊一個『好』字。」

「等妹妹生下來，陽陽也該去讀書了。」姑婆說。

第5章 亂成一團的生活

「是啊，宜臻，這一胎生完你就去上班啦，媽幫你帶小孩，陽陽也趕快去上幼兒園，才不會跟不上。」

回憶的迷宮裏，聽不到媽媽的聲音，讓我懷疑那根本就是一場夢，但是為甚麼會有那樣的對話呢？為甚麼後來我沒有多個弟弟或妹妹？

今年暑假我又想起了這些片段，忍不住問媽媽，那些模糊的記憶，到底是真的還是假的？

媽媽平靜地告訴我答案。

原來是真的！當時媽媽請育嬰假陪伴我，在我快滿兩歲的時候媽媽懷孕了。媽媽打算生了妹妹以後繼續請育嬰假，同時照顧我和妹妹。

「但是奶奶希望我去上幼兒園，不是嗎？」我問媽媽。

這個問題已經是不可能成真的過去了，媽媽毫無保留的告訴我，她不希望有了新生兒就送我去上學，那對我來說會有一種說不出的失落，也可能因此我就不能好好疼愛妹妹了。

我聽了好感動，媽媽真的很替我着想。

可惜，經過超音波確定了性別的妹妹，因為臍帶繞頸離開了。

回憶的迷宮裏好像有盞燈亮起來，我在腦海中找到一點點線索……

「媽媽很難過吧？」我問。

媽媽的大肚子迅速恢復平坦，從醫院回來後，她坐在牀頭流淚。

那時候，我們跟奶奶一起住在苗栗，迎接新生命的期待落空後，一家人的心情都不好，但是媽媽對生活的實踐就是不可以沉溺，不管是享樂的事還是痛苦的事，媽媽都不會沉溺其中。

沒多久，我們就搬到宜蘭來了。

媽媽的育嬰假結束前，帶着我參訪了很多學習場所，然後，我在一所有大片草地可以奔跑的幼兒園，開始了上學的日子。

我的童年是無憂無慮的，一直到升上小學五年級之前，我根本不知道甚麼是憂愁的滋味。

而媽媽也總是對我說：「有你在，媽媽的難過變成一點酸酸的感覺，一下子就會消失了。」

媽媽說我是她的「小太陽」，我也很高興當媽媽的小太陽，但是這次，我這顆小太陽失去作用了，媽媽沒有因為我的陪伴擺脫陰霾，我也始終鬱鬱寡歡。

媽媽請假後的第四天是假日，奶奶一大早就來了。

奶奶帶着大包、小包，一進門就唉聲歎氣。

「怎麼會這樣不順啦！」

「媽，家裏要麻煩你照顧了，有你在我比較放心。」媽媽說。

奶奶點點頭，又揮揮手。

「你自己都這樣了，不用擔心他們父子啦，當初叫你們不要搬，好好跟我住在苗栗就沒事了，唉！」

「媽，搬家跟現在的狀況沒關係啦！」爸爸勉強笑說。

「怎麼會沒關係？我早也拜拜、晚也拜拜，你們跟我住，媽祖婆一定也會保佑你們。」

「現在好啦，你來了，以後我們一定順順利利。」爸爸說。

「我都一把年紀了還要當你的媽媽子，你就是老婆靠山倒了，才會想到娘。」奶奶要笑不笑地說。

爸爸為了轉移奶奶的不滿才這樣說，但是媽媽臉上的表情很不自在，她突然站起來，禮貌地說：「媽，對不起，我進房間整理東西了。」

奶奶點點頭，然後揮揮手。

我跟在媽媽後面，聽見奶奶對着爸爸抱怨。

「結婚前就叫你想清楚，你看……」

我的心揪了一下，希望媽媽沒有聽到奶奶的話，但是……媽媽的腳步頓了一下，接着很快地走進房間。

隔天是星期日，爸爸開車載媽媽前往台南，車上有媽媽的一大箱行李，我站在門口跟媽媽揮手道別，突然感覺到生離死別般的悲悽，但是連媽媽都不懂我的心情了。

前一天，媽媽告訴我，她不能只靠西醫延緩萎縮，她要積極的到台南接受治療，不管結果如何，她都要試一試。

住在台南的雅琳阿姨是媽媽的好朋友，雅琳阿姨知道台南有個中醫是治療視神經萎縮的權威，之前有幾個病例在那裏重現希望。

雅琳阿姨希望媽媽把握發病初期接受治療，但是中醫治療必須長時間配合才有明顯效果，所以媽媽要暫時住在雅琳阿姨家。

媽媽沒辦法帶着我，連我想陪她去台南，再跟爸爸一起回來，她都不答應。

媽媽忘了嗎？她曾經擔心我會有失落感，所以細心地為我打算，現在怎麼把我丟下，說走就走呢？

記憶裏，媽媽從來沒有丟下我，獨自在外過夜的記錄。現在這種情況，真的讓我徬徨又無助。

但是，我甚麼都不能做，只能接受，痛苦地接受。

日子總會一天天的過去，不管是快樂還是悲傷，每個今天都會變成昨天。

這樣想，我心裏的痛就會漸漸變得麻麻的，雖然感覺還是不好過，但是比較不痛了，這就是所謂的「麻木」嗎？我也不知道。

每天晚上，媽媽都會打電話回來。

「吃飽了嗎？」

「功課寫了嗎？」

「有話要跟媽媽說嗎？」

媽媽的問題總是換來我的無言，我覺得這些問題太多餘了。從小我就和媽媽無話不談，甚至心有靈犀，但是現在，我只能「嗯、嗯、嗯」的回應她。

我想，在媽媽眼中，我長大了，所以她不會對我說「媽媽好想你」這樣的話，但是我好希望媽媽這樣對我說，然後我想說：

「媽媽，你甚麼時候回來？」

「媽媽，我好想你……」

「媽媽，我好難過……」

但是我甚麼都沒說。

反正說了也沒用，媽媽不會因為我想她就快快回來。

雖然每天晚上，我都抱着棉被偷偷流眼淚，但是我漸漸學會繃着臉，不讓心裏的難過表現出來，接到媽媽的電話，我也害怕一旦多說，會對着話筒放聲大哭。

我難過，媽媽會更難過，兩個人都難過，也不能改變甚麼。

生活不像數學題目，把數字套進公式裏，便可得到解答。

生活也不像小說，高潮迭起之後，會有一個確定的結局。

生活沒有黑或白，只有模模糊糊的地帶；不是今天考一百分，明天就此康莊大道；不是當個模範生，就可以得到幸福的保障；不是有了夢想並且努力，夢想就一定會實現；也不是好人一定就能得到好報……

更不是我很乖，媽媽就不會生病了！

原來，長大一點都不好玩。

我還沒抵達成長的終點，卻已經發現太多長大後的祕密，那些殘酷的現實，讓我悲觀的覺得未來只是一場夢，不管多麼積極努力，總有太多我無法掌控的事，既然這樣，就混一天是一天吧。

星期二，媽媽離開家的第三天……

「陳文陽又沒寫功課，到後面站着反省。」巫婆老師說。

無所謂，站着對血液循環好，我的腦袋也比較不會想太多。

佈告欄前面已經有四個人排成一列了，都是不愛寫功課的同學，大家老神在在地找到立足之地，我隨便找個位置插進去。

昨天我也沒寫功課，但巫婆老師說：「人非聖賢，孰能無過。」現在，巫婆老師說：「過而不改，是謂過矣。」

「甚麼！」站我隔壁的同學立刻小聲叫着。

我轉頭一看，只見拿着漫畫在看的賴子福抓抓頭說：「粿？粿不是粿？老師說甚麼啦？」

我忍不住嘲笑他：「是孔子說的一句話，你只知道吃啊？」

賴子福驚訝地看着我，像見到鬼。

突然，從他旁邊露出一張瘦長的臉，朱小強笑着說：「嘿嘿，你也會有今天！」

「是啊，臭屁陽也有臭屁不起來的時候耶！」賴子福說：「不只臭屁，還很孤僻！甚麼年代了啦，不知道孔子說甚麼很正常，但是讀到小學五年級，連一個可以鬼混的朋友都沒有才可憐咧！」

「媽媽，媽媽……嗚，人家只要媽媽不要朋友啦……」朱小強怪聲怪調地假裝對賴子福撒嬌。

「哈哈，對、對、對……他就是這樣，我們不能叫他臭屁陽，叫他孤僻陽還是媽寶陽好了。」賴子福說。

「媽寶，娘娘腔，假仙假怪，哼！他跟我們站在一起我就想吐！」朱小強說。

我不理他們，跟他們計較是浪費生命，巫婆老師允許罰站的人拿本書看，我看我的書比較實在。

「忍耐一下啦，讓他在這裏站一站，才會知道民間疾苦啦！」賴子福又說。

「不寫功課被罰站是自找的，跟民間疾苦無關，你認知有問題。」我忍不住翻白眼。

「你咧，好到哪裏去？」朱小強嗆聲。

「對啊，還不是站在這裏被處罰！我們是烏龜，你也不會是飛龍。」賴子福說。

「我是人。你不要誣衊烏龜，烏龜是吉祥之物，懂不懂？你們啊，一個是隱痀（台語，駝背），一個是侗戇（台語，愚笨的人。這兩句比喻物以類聚）。」我說。

「欸！他罵我們耶！」賴子福氣鼓鼓地指着我的鼻子。

「孤僻陽的嘴巴愈來愈貝戈戈了！」朱小強笑着激我。

「欸、欸、欸，你們故意刺激別人，貝戈戈的是你們兩個！」站在我右邊的毛婷婷把手裏的言情小說拿低，沒好氣地說。

「大姊，你、你不公平啦！」賴子福跺腳說。

「欸，胖子，你、你不要自娛娛人啦！我看你耍白癡很好笑耶！」毛婷婷學賴子福跺腳。

「甚麼魚啊？」賴子福又笨笨的搔搔頭，一臉無知地問朱小強。

朱小強一臉苦瓜的搖搖頭。

我忍不住笑出來，這兩個人的等級太低了吧。

「哎喲！」毛婷婷實在受不了，跺着腳嚷：「功課不寫就算了，不要都不讀書啦，這樣人家很難跟你們吵下去耶！」

「啊哈，我知道啦！」朱小強突然擺脫苦瓜臉，曖昧的笑了。

「啥？快告訴我。」賴子福難得有求知欲。

「嘿嘿！女生愛男生啦！」朱小強說。

「甚麼啦？」可惜賴子福跟好朋友完全沒默契。

「哎呀！大姊大煞到媽寶陽了啦！」朱小強幼稚地說。

「嘿！」賴子福笑着拍手。

不好笑！很無聊！不過，看他們無知的表演，可以轉移我的注意力，讓我暫時忘記媽媽不在家的痛苦，這樣也好啦，不然一想起媽媽，我就會沒完沒了的想很多。

我每天都希望今天趕快過去，明天趕快來，也許明天媽媽就回來了。

就這樣好了，隨便他們說。

星期三早上，我發現奶奶煮好了稀飯和一桌子的菜，但是我沒胃口，家裏靜悄悄的，奶奶凌晨就出發到花蓮去拜拜了，晚上才會回來。

突然，我聽到爸媽房裏傳來乒乒乓乓響，我走過去一探究竟，看見爸爸正生氣地翻箱倒櫃。

「爸！」我喊。

爸爸回頭看見我，煩躁地說：「爸爸找不到襪子。」

「啊。」我走進去，拉開衣櫃的最底層，那裏有很多媽媽買來備用的新襪子和新內褲，都是爸爸的，我拿了一雙給他。

「全新的沒洗過，你先勉強穿吧。」我想，奶奶會不會把爸爸的襪子放到

我房間去了呢？

爸爸忙亂的拆開包裝，一邊跟我說：「爸爸幫你報名安親班了，中午安親班老師會去帶路隊，你記得去排安親班的路隊，不要到學校找我了。」

我想抗議，但爸爸已經穿好襪子，急急地說：「快走！快遲到了，你早餐吃了沒有？」

我一口也沒有吃。

爸爸並沒有要我回答，他逕自往門口衝去，我也只能揹起書包，跟着出門了。

整個上午我都無精打采，但又覺得身體裏面「轟轟轟」的快爆炸了，沒有人告訴我怎麼會這樣，也沒有人告訴我可以怎麼做，爸爸安排我到安親班上課，我根本不想去啊！

放學以後，我沒有去安親班的路隊報到。

天空很藍，白雲飄飄，我的心卻燃着烈火又颳着狂風，青春期還沒到，我已經感覺體內暴衝的火氣，讓我無法控制地想做些甚麼事來反對這個世界。

我踢路上的石頭，扯路邊的樹葉，對野狗怒吼，瞪路上的車，天上的雲我也看不順眼……

誰管我啊？

石頭滾了幾下，不動了；樹葉從我手中飄落，靜靜躺着；野狗看看我，好像我是神經病，牠根本不想理我。

吼！天，憑甚麼藍得透亮？雲，憑甚麼自在、逍遙？

整個天空應該配合我的心情，混濁得讓人哀傷，雲也該被困在原地，才能平衡我的心情啊！為甚麼不？

我狠狠地把書包甩到地上，再一腳踢去，沉甸甸的書包滾了兩圈，還是對我不離不棄，我洩氣的往地上一坐，書包沒有錯，是我哪根神經錯了？

我的火氣因為書包的逆來順受而壓抑下來，那是媽媽帶我去挑選的書包……

對了，怨天怨地沒有用，敷衍了事把功課做了，對爸爸有個交代，這樣就不用去安親班了吧？

第5章 亂成一團的生活

安親班是個鬼地方，我才不要淪落到那裏去！

安親班的老師很愛打學生的手心，考試前的加強就是揠苗助長，平常在那裏寫完功課還有一堆寫不完的評量，寫、寫、寫，寫到天昏地暗還在寫！班上那些上安親班的同學經常抱怨安親班，但是我不能理解，為甚麼他們可以邊抱怨，又邊笑着往那裏走去呢？

那也是麻木吧？我才不要像他們，到了安親班就成了被囚禁的鳥，漸漸地習慣籠子，嘴上抱怨着沒自由，卻沒有勇氣往自由天地振翅而去。

我環顧公園四周，涼亭那邊有張石桌，我決定到那裏完成功課，把基本的責任盡了，才有機會跟爸爸商量。

我拖着書包的背帶，無力地往涼亭移動，突然發現……噢，冤家路窄。

賴子福也看到我了，他大叫一聲：「欸！」

朱小強在涼亭邊的垃圾桶翻找，聽見賴子福的叫聲，很快地轉頭。

奇怪！賴子福為甚麼要當朱小強的跟屁蟲啊？每天幫別人撿回收有甚麼用？回家幫忙秤豬肉比較實在吧！真不會想，一副豬頭豬腦的樣子。

不管他們，我決定在涼亭完成功課，他們就像空氣，我要催眠自己，讓他們無法影響我。

「欸！臭屁陽，你到底有甚麼不爽，每次都這樣瞪人，我是哪裏讓你礙眼啦？」賴子福跳到我面前，明明是一頭豬，卻像青蛙呱呱叫。

懶得理他。

「我早就看他不爽了，了不起啊！」朱小強丟下手邊的工作，也衝了過來。

我打了個呵欠，拿出功課，不管他們說甚麼。

「欸！假認真啦，寫甚麼功課啦！」賴子福叫着。

「嘿嘿，因為他媽媽不教書了，他不能到古山國中去寫功課，只好到公園來寫，哈哈！」

「宜臻老師不教書了嗎？我姊說宜臻老師只是請假耶！」

「靠山倒了，他媽媽都捲包袱回家吃自己了。」

「他爸咧？」

第5章 亂成一團的生活

「他爸才不管他。你不知道他媽多慘啊？」

「我姊說宜臻老師只是眼睛不舒服，暫時請假啊。」

「騙鬼啦！以後要叩、叩、叩了啦！」

「甚麼叩、叩、叩？」

朱小強眼珠往上翻，假裝一隻手拿手杖在地上敲，另一隻手對着空氣摸索，腳步不穩的搖擺挪動。

「甚麼啦？」賴子福問。

「青瞑（台語，失明）啦！」

「亂講！」

「我沒亂講，他媽真的青瞑了啦！」

我氣炸了，拿起書狠摔，不夠！猛一轉身，拳頭用力揮過去，我要打碎朱小強那張烏鴉嘴，我要打爛那張小人臉！

他們講我甚麼都沒關係，拼命醜化我也沒辦法讓我生氣，根本就是耍白癡，但是不可以醜化媽媽，不可以詛咒媽媽，只要是媽媽的事，我不准任何人隨便說，不准！

一拳、兩拳、三拳都不夠，我火山爆發了，狠狠地撲過去把朱小強推倒在地，內心只有一個意念——我一定要打爛他，打爛朱小強，打爛死蟑螂！

我覺得額頭刺刺的，臉頰燙燙的，我的拳頭打蟑螂很痛，我的臉、我的背、我的肚子，也都痛了，這是混亂的極點，我的情緒終於獲得平衡了，但是身體不平衡的東倒西歪，痛得我齜牙咧嘴。

混亂中，我只剩下揮、扯、拉、推、捏、踢的本能，我對蟑螂的臉揮拳頭，我扯他的頭髮，拉他的衣服，推他的竹竿身體，捏他的瘦排骨，踢他全身每一個我踢得到的地方，這樣的混亂很好，我心裏的怒氣終於化做火苗，熊熊燃燒……

死蟑螂，到底跟我有甚麼仇？衝着我來也就算了，該死的蟑螂敢拿媽媽開玩笑，就是欠扁！

我們打到天昏地暗，總之我揍蟑螂，蟑螂也狠K我。

打架是一種本能，卻還是要靠後天的練習才能打贏。我個子比蟑螂高，卻

沒有佔上風，因為他是蟑螂，我是媽寶。

而賴子福那頭豬呢？後來聽他說自己只是目擊證人，看我們兩個打起來，他傻了，雖然他想幫朱小強，但不敢打架，也不想讓他一身豬皮肥肉有絲毫損傷，所以他用力地喊幾聲加油，後來想想不對，趕快喊「別打了、別打了……救人啊……來人啊……」

真是豬頭，傻傻地看人家打架，還像女生慌張得尖叫，虧他肥得像頭豬。

第6章

巫婆老師來調解

幸福，是知道事情的真相。

我打架了，傷口很痛，很真實的痛，像當頭棒喝。

我重新找到自己和媽媽的連結了，心很痛，但很踏實。

「打架！不認真讀書，為甚麼要這麼認真打架啊？」

校長把這句話說了一遍又一遍，他的臉垮下來，眼睛瞪得大大的，煩躁地搔搔頭髮，短胖的腿不停地在辦公室裏兜圈圈，嘴裏碎碎唸，像拿孫子沒辦法的老爺爺。

我想，校長不生氣，但不能接受我們打架的事，而且對這件事一定要做處置。

我和朱小強、賴子福排排站，賴子福已經把他看到的過程描述一遍了，校長還是想問我們為甚麼打架？

突然，我不想繼續僵持，我說：「校長，是我先動手的。」

「你為甚麼要動手？」校長一下子跳到我面前，鼻孔對着我噴氣。

「因為……因為……」我要怎麼說才不會顯得幼稚呢？

「我看他不順眼啦，我應該先動手才對，憑甚麼讓他先動手！」朱小強大聲說。

「先動手很厲害嗎？」校長往旁邊一跳，跳到朱小強面前。

「不管啦！下次我一定要先揍他。」

「其實是蟑螂和我先挑釁陳文陽的啦！」賴子福竟然迸出一句良心話。

「你還敢說你都沒動手！」校長瞪着賴子福。

「校長，我可以做證，賴子福沒有打架。」既然賴子福有良心，我也應該說實話。

「你們兩個鼻青臉腫，賴子福毫髮無傷，看也知道他沒打架，就算他沒打架也不應該。你們是同班同學，出了校門沒有彼此照顧，竟然互相挑釁，如果賴子福有同學愛，也不會在現場看你們鬧事。」

「校長，所以……以後我看到他們打架的話，趕快跑比較好嗎？」賴子福瞪大眼睛，很認真地問。

「你和朱小強一個鼻孔出氣，會鬧到不可收拾，你都沒責任嗎？」

「對啦，我也看陳文陽不順眼，他真的很臭屁。」賴子福又認真地點點頭。

校長搖搖頭，無奈地說：「你們站在這裏好好悔過，我要請你們導師通知家長過來，現在學校對你們不能打、不能罵，還不能侵犯你們的受教權，只能請你們的爸媽來看看你們做些甚麼，可以的話自己看要怎麼處置。」

「校長，不要啦！我會被我媽扒皮啦！」賴子福唉唉叫。

「校長，我自己做的事自己負責，你找不到我爸爸，也找不到我媽媽，我從來沒看過他們，我只有奶奶，她每天都很忙，我不想要讓她為我擔心，拜託校長不要打電話給奶奶。」朱小強的聲音很小，卻一個字、一個字說得很清楚。

校長歎口氣，又在我們面前走來走去，走了三、四趟後，突然停在我面前，問我：「你呢？要通知爸爸還是媽媽？」

我的心狂跳，昨天下午和朱小強打架，結果被公園的管理員伯伯發現，管

理員伯伯說要打電話告訴我們導師．回到家後我很心虛，趁爸爸和奶奶還沒回家，我把寫好的功課和聯絡本放在客廳的茶几上，寫了張紙條請爸爸幫我簽名，還跟爸爸道歉我沒去上安親班，然後爬上牀就睡着了。

早上，我躡手躡腳地走出房間，發現爸爸還在浴室梳洗，奶奶在廚房洗碗，背對着我，我跑進廚房拿片吐司當早餐，順便告訴奶奶，今天要提早到學校打掃，我可以自己走路上學，就揹着書包衝出家門……

顧不得奶奶在背後喊我，我一路往學校的方向衝，就是怕爸爸發現我臉上的傷。

如果爸爸知道我打架，會怎麼樣？他會很生氣、很生氣吧？

媽媽知道了一定會很難過。

我和朱小強都希望自己做的事自己負責，是我自己做錯事，不要爸媽跟着承擔。

「校長，我知道錯了，我不應該動手打別人，也不應該讓自己受傷，請你不要通知我的爸媽，他們要是知道我跟同學打架，一定會很擔心又難過。」我請求地說。

「好。」校長突然迸出一個字。

我愣愣地看着校長，那張繃緊的臉突然變得柔和了。

他揉揉我的頭髮，慈祥地說：「身體髮膚受之父母，你很懂事。」

然後校長走到朱小強面前，也揉揉他的頭，說：「你也是懂事的孩子，要記得，不是所有的人都可以讓你順眼、順心，凡事忍一忍，就海闊天空了，多一個朋友比多一個敵人好。」

朱小強點點頭。

校長又走到賴子福面前，拍拍他的肩膀，說：「你很有同學愛，校長原諒你一次，你不用回家被扒皮，但是，我希望你對同學是公平的，不要偏心你認為需要幫助的人。」

賴子福點頭如搗蒜，拍拍胸口偷笑。

「現在回到教室找你們的導師。」校長說。

「校長，你不處罰我們啦？」賴子福驚訝地問。

「人非聖賢，孰能無過。」

「這句話我很熟，可是我忘記它的意思了……應該跟我愛吃的粿沒有關係吧？」賴子福搔搔頭。

校長微笑地看看我，說：「你說說看。」

「校長的意思是每個人都可能會犯錯，只要我們知道改過就好了。」我說。

「啊，我想起來了！上次巫婆老師有說過這句話。」賴子福驚喜地說：「陳文陽，謝謝你。」

「為甚麼謝我？」

「你上次就可以教會我這句話的意思了，是我自己沒有想要把不懂的變懂，你真的有資格當我的小老師，你有一些本事，會臭屁也是應該的。」賴子福誠懇地說。

聽他這麼說，我覺得不自在，我已經習慣和他們針鋒相對了，賴子福突然對我表達友善，又變得自我檢討，我一時間真不知所措呢！

「很好，三人行必有我師，同學就應該互相學習，欣賞別人的優點，懂得自我檢視，改正缺點，才不會動不動就發生衝突。賴子福，你本性純樸又良善，校長想給你一百個讚！」

「嘿嘿，第一次有人這樣誇獎我耶！我真的有那麼讚嗎？」賴子福笨笑着。

我低着頭，小聲地說：「對不起，我不知道我看起來很臭屁，如果我的態度讓人感覺不舒服，我應該要反省。」

「哈哈，如果能讓你們有一些改變，這場架也打得值得了！現在回到教室去吧，你們老師也是用心良苦，知道你們惹禍，她第一時間就擋在你們前面跟我求情了。」校長說。

「巫婆老師會替我們求情啊？我以為她氣得不想理我們了！」賴子福說。

「巫老師自認是她不好，她說她的身份就是你們在學校的媽媽，如果孩子有不懂事的地方，該檢討的是她……」校長說。

巫婆把我們當成她的孩子嗎？我的心情好複雜啊。

從校長室走回教室的路上，我心跳得好快，不知道回到教室會面對甚麼樣的情景？

這節課是國語，巫婆老師微笑着要我們回到位置坐好，就繼續上課了。

第二節課是數學，但是老師一上課就說：「這節課我們要玩遊戲。」

「哇！玩遊戲耶。」

「不用上課了！」

「太棒啦！」

同學的歡呼聲此起彼落。

「各位同學，這個遊戲叫做『請你帶我找出路』。」巫婆老師開始講解遊戲規則：「我們以一排為一組，每一回合的比賽請每一組派兩個同學出來進行闖關，為了節省遊戲的進行時間，老師希望你們和隔壁坐一起的同學合作。」

我側過頭看朱小強一眼，他也剛好看了我一眼，我在他眼中看到無奈，我想我的眼睛裏也寫着：好吧！不然怎麼辦？

遊戲開始了，我們是第一組，第一回合由我和朱小強上場，另外還有兩組和我們一起比賽。

我被老師矇上眼睛，接着聽到一陣雜亂的討論，由於看不到，我很緊張，不知道接下來會發生甚麼事。

「這裏、這裏，哈哈，高難度吧？」

「毛婷婷，這樣太狠了啦。」

「好，最危險的地方就是最安全的地方。」

「阿福，你跟陳文陽有仇啊！」

「對啊！會害他跌個狗吃屎。」

然後有更多的竊竊私語……

原來黑暗的世界這麼讓人不安啊！

不能掌握自己的位置，對所有的聲音都多了一份敏感，也更加不安，到底誰會陷害我？毛婷婷？賴子福？對了，一定是朱小強！

有誰可以幫助我？我只能靠自己了，如果我過度擔心，就只能留在原地不動，所以我必須勇敢跨出腳步。

第6章 巫婆老師來調解

比賽開始了，我是第一組的闖關者，朱小強是協助者，同時還有另兩組的代表者一起參加這回合的比賽。

「往前走……」朱小強在我旁邊說。

我往前走一小步，膽戰心驚的，好怕一腳踩空，跌進深淵。

「再往前走……」朱小強又說。

我倒吸一口氣，伸出手在空中摸索，往前跨出一步、兩步、三步……

「砰！」

好痛啊，我的膝蓋不知道撞到了甚麼，痛得我忍不住蹲下，眼淚都流下來了。

「小心啦！我又沒叫你走那麼快！」朱小強大喊。

我忍着痛站起來，周圍有很多混亂的聲音，其他組的協助者大聲指揮着：

「這裏、這裏啦，喂！你怎麼聽不懂啊？我說這裏啊！」

「這裏是哪裏啊？你會不會指揮啦！」

「快點、快點！往前走就對了……怕甚麼啦！大步一點……」

「啊！你要害死我啊！」

亂哄哄的聲音讓我頭痛，但是當朱小強一開口，我很快便接收到他的指令。

「慢慢地轉過來……不對！往左轉，然後走三步，對，然後再往左轉，走一小步，停！對，伸出手往前摸看看，你摸到桌子了，第一張卡片就在桌墊下面，你可以掀起桌墊摸摸看，對！」

我拿到了第一張卡片，將它捏在左手掌心，繃緊的神經放鬆了一點。

朱小強又說：「右轉，慢慢走三步，對，再向右轉……停，你的腳要注意，你要跨上講台，講台有高度。」

我感覺得出來，朱小強很盡力的顧及我的安全，很努力地想傳達正確的方向給我。

我將右腳往前一點點，確實有障礙，便抬高腳跨上大約二十公分的講台。

接着聽到朱小強說：「往前一小步，右轉，然後走兩步，停，左轉，抬高你的手往上摸，你摸到黑板，再高，卡片被磁鐵吸在黑板上面，高一點點，你快摸到了，再高……左邊一點，對……呼！」

我心裏「叮咚」一聲，愈來愈覺得踏實，朱小強也呼了一口氣，他和我一樣緊張嗎？原來他不會害我，而且是會幫助我的人！

「左轉、走、停，左轉，小心，要下講台了，你已經摸到講桌了，扶一下啦，對，你用腳感覺看看那個高度，好，下來站好，右轉，走四步，停，伸出手，你摸到窗台，你的手要往上，卡片夾在窗戶的縫隙，往上一點，要踮起腳尖……好。」

第三張卡片到手了，一切好像愈來愈順利而且快速了。

我突然發現，我可以順利地找到卡片，要歸功於朱小強的引導，他的表達很清楚，我可以感覺他每傳達一個方向和動作，都是經過思考才說出口的。

原來國語文程度很差，終日只計較有幾個資源可以回收的蟑螂，是臨危不亂的。

「往後轉，走三小步，對，然後再右轉，你可以摸到兩邊的桌子，現在往前走三小步，再往前一點點，你的右邊是阿福的位置，你摸看看桌上有一本課本，卡片就夾在課本裏。」

我摸到了課本，但是卡片夾在裏面，我用兩隻手胡亂翻了翻本子，最後乾脆把課本拿起來甩了甩。

「掉了。」朱小強提醒：「在地上。」

我蹲下來，兩隻手在地上摸索着。

我摸到桌腳，摸到一隻鞋，摸到滿地的灰塵……

「右邊一點，對，摸到了。」朱小強說：「老師，我們找到四張卡片了。」

我把眼罩拿下來，突來的光亮很刺眼，我揉揉眼睛，這段尋找卡片的過程好像讓我陷入黑暗世界好久、好久，但是老師宣佈：「陳文陽和朱小強這一組花了三分二十七秒，是這一回合的第一名。」

等到其他組完成尋卡，換我當協助者，朱小強是闖關者，第二組的組員負責放置我們這組的卡片，我要按照順序記得一到四號的卡片分別放在哪個位置，在緊張的情況下，我很怕會忘記任何一張卡片的位置，或者弄錯它們的先

後順序。

這就是我矇着眼睛時，同學七嘴八舌討論和竊竊私語的原因了，同學熱烈地討論怎麼製造闖關者的困難。

第一張卡片竟然放在毛婷婷的頭上，同學因此笑翻了；第二張在老師的講桌上，第三張在寶特瓶的回收桶裏，第四張被釘在後面的佈告欄上面。

每張卡片的位置都很明顯，但是我還是緊張得亂了手腳，原來，協助者的角色也不輕鬆。

我吞吞口水，等老師一聲令下，便慌亂地說：「朱小強往前走、往前走，停停停，我看一下，一、二，好，往前面走兩步然後右轉，再走三步，再左轉，走三步……」我沒有朱小強的臨危不亂，但我盡可能的穩定情緒，盡可能的表達清楚。

原來兩個角色都是學習，看別人總是容易些，真正由自己來擔任某項工作或陷入某個情境，個中滋味才能清楚感受，也才能摸索出屬於自己的方式，而自己之外，那個被分配在一起的夥伴，更是這場遊戲是否順利的關鍵。

沒有人天生就跟另一個人有絕佳的默契，默契需要培養，也需要設身處地的為對方設想，才能在體貼和同理心中產生適合自己和對方的頻率。

我承認，當引導者的角色我沒有朱小強做得好，但他的穩定感染我，讓我依循他的模式，很快地進入狀況，因此第二回合，我們這一組又以三分五十二秒獲得第一名，闖關成功。

然後我和朱小強退了下來，換第二列的同學進行闖關，我有了第三種身份——當一個觀察者。我看到許多混亂的情景，許多合作夥伴之所以欠缺默契，是因為引導者欠缺正確的表達方式，明明闖關者已經矇着眼睛看不到了，指引的人卻一直喊着「那裏、那裏，紅色的包包那裏」或者「鞋櫃裏，快點，走到鞋櫃那邊，第三排的鞋櫃」。

沒有經過思索，沒有體諒的指引，惹得矇眼的同學怒吼：「你到底會不會指揮啊？」

另一個則回說：「你是聽不懂人話啊！真夠笨耶！」

互相指責，求快莽撞，造成一連串的烏龍和跌跤，但還是有人沒有學到檢

討自己。

如果闖關的同學具體地說：「我看不到耶！你可不可以清楚地告訴我方向，例如左邊、右邊、上面、下面，不要告訴我那裏、這裏，我不知道到底是哪裏啊！也不可能會知道紅色的包包在哪裏，因為我根本看不到啊！」

這樣會不會換來對方的同理心？

而引導的同學若可以設身處地的想，如果自己矇着眼睛會是甚麼樣的感受，也就不會那麼粗魯和一心求快了，但是往往角色一對換，同學不是豁然理解對方的辛苦，而是計較着剛才對方害他撞到和跌倒，不逮到機會報仇更待何時啊！於是兩個人都成了真正的輸家。

這個遊戲進行了兩節課，雖然狀況百出，但是同學玩得不亦樂乎，最後老師請同學發表感言：

「我體會到盲人的辛苦。」

「對，有一種身不由己的辛苦。」

「我們應該對身障者多一些同理心，因為每個人都有需要別人幫助的時候。」

「老師，我想跟陳文陽說對不起。」賴子福舉手說。

我低下了頭，我想我還沒準備好要面對賴子福的同理心吧，遊戲是遊戲，現實是現實，我還需要多一點的勇氣才能跨步向前。

但那樣的力量會來自哪裏呢？我也不知道。

下課後，我一個人走出教室，額頭的烏青隱隱做痛，嘴角的傷口也覺得刺刺的，被打的當下並沒有那麼清楚的感覺痛，等到一切沉澱後，傷口才傳達痛的感覺到神經。

「陳文陽。」賴子福擋在我面前，他搔搔頭，笨笨的笑說：「對不起！我現在知道看不到很辛苦了，你媽媽變成這樣，你一定很難過，我們當同學的應該要安慰你，但是我們卻故意刺激你，真是對不起。」

我愣愣地看着他，我只想一個人靜一靜，如果有個人願意聽我說說話，我只希望那個人是媽媽。

賴子福的好意我接收到了，我想擠出一個微笑感謝他，卻做不到，只能點

點頭，然後很快地繞過他身邊，往校園的角落走去。

很快地又有一個人擋住我的去路，我抬起頭看見巫婆老師的笑臉，她彎下身看了看我的臉，然後問：「傷口痛嗎？」

我搖搖頭，這些突來的關心讓我覺得不自在，我想躲開，但是老師牽起我的手，讓我無法拒絕。

她帶我走向學校的向日葵花園。「下一節課是體育課，我跟體育老師報備了，這節課老師希望可以跟你聊聊。」

不知道為甚麼，我在巫婆老師的手裏感覺到一股堅定的力量，讓我想起媽媽的温暖。

突然，我覺得鼻子酸酸的、眼睛澀澀的，巫婆老師拉我在石椅上坐下，我猛眨眼睛，不希望她看到我想哭的樣子。

「文陽，這段時間你辛苦了，你只是一個孩子，老師覺得你做得很棒、很棒了。」巫婆老師拍拍我的肩膀。

我茫然地看着老師，我哪裏棒了？自從媽媽離開家以後，我就像行屍走肉，根本辜負了媽媽對我的期待，最後還像個壞孩子跟同學打架。

「你媽媽知道你會走過這一段辛苦的路，她對你很有信心，也一直關心着你，你知道嗎？」

我搖搖頭，我不知道，自從媽媽生病後，我不知道媽媽在想甚麼了，我甚至覺得她丟下我不管，讓我變得很無助。

「這是媽媽寫給老師的訊息，你想看一看嗎？」

我接過老師的手機，看到媽媽傳給老師的第一則訊息，日期是媽媽被醫生確診為視神經萎縮的那天晚上。

巫老師，抱歉打擾了！

近日得知我的視神經萎縮，視力正逐漸退化，文陽的心情大受影響，麻煩老師幫我注意孩子的狀況，好嗎？

我往下滑，看到了第二則訊息：

巫老師，得知孩子在校的狀況如昔，讓我放心不少，這幾天，我和文陽爸爸的心情都受到影響，可能忽略孩子的感受了，感謝老師對文陽的關懷照顧，讓我們在面對生活衝擊之時可以省下對孩子的操心。

第三則訊息：

巫老師，我即將到南部接受治療，心裏對文陽萬般牽掛，卻不適宜對孩子表達，我擔憂孩子發現我的牽腸掛肚，會受我的情緒影響。文陽是敏感又內斂的孩子，他有一顆纖細的心，過去生活無憂無懼，他不曾感受惶恐，如今生活驟變，他的內心一定會充滿害怕和不安，我擔心他不懂得表達心情，無處抒發情緒，會讓他失去對生活的期待和美好的信任。

謝謝你告訴我，原來他可以學着堅強，我也因此可以勇敢放手，讓他承受跌跤，學着自己展翅，我相信他可以的。身為一個母親，不能勇敢的卻是自己，離開孩子的椎心之痛我難以言訴，所幸有你代為照顧，讓我安心不少。

第四則訊息：

巫老師，謝謝你告知我文陽的近況。每日積極的接受治療，不知道結果會如何，但我必須放手一搏，因為……我捨不得就這樣瞎掉，從此不能用我的雙眼記錄文陽的成長，會是我最遺憾的事。

我終於知道了，媽媽不是丟下我不管！媽媽積極不放棄任何治療的機會，都是為了我！

我的淚水像打開的水龍頭，嘩啦嘩啦……眼淚如雨澆淋着心中的火，我生媽媽的氣，氣她丟下我，但是，在知道媽媽的心情以後，我才發現，自己好幼稚又自私啊！

第7章 媽媽的筆記本

幸福是，有人關注我——世界變黑了，有人理解我的害怕，會幫我找出路。

我在夢裏，兜兜轉轉，回不到原來的生活，説不出心裏的恐懼，我一直在等夢醒……

這不是一個小學五年級的小孩會做的夢吧？

媽媽是不是也感覺像在夢裏呢？

我很難過，媽媽的視力愈來愈差，她一定很害怕又很擔心，我希望被關心和安慰，但是，我竟然沒有關心和安慰媽媽，媽媽好可憐。

好痛啊！原來我真的在做夢，我夢到媽媽在哭，我想靠近她卻不敢。張開眼睛，感覺自己躺在牀上，一隻手在我的眼前晃動，是爸爸拿着棉花棒坐在我的牀邊……

啊！爸爸正在幫我擦藥，爸爸知道我打架了！但為甚麼爸爸還笑着？

「你打贏了嗎？」

「沒有，我們兩個都受傷了，誰都沒有贏。」我坐起來，被動地回答。

「沒關係，多打幾次，抓到技巧，有一天一定會打贏。」

「爸爸！你是在開玩笑嗎？如果媽媽知道你開這種玩笑，一定很生氣。」

「哈哈，女生就愛大驚小怪，爸爸小時候常常打架，有人笑我是沒爸爸的孩子，我就跟他打架……」

「爸，你很難過吧？」

「當然難過啊，每個人都有難過的事，你要知道，只有自己可以決定，要一直難過下去，還是把難過轉換成能量，讓自己變得更勇敢。」這是爸爸第一次這麼慈愛的摸着我的頭。

爸爸又說：「能讓你生活好過的只有自己。」

我好像懂，卻沒有把握可以做到。

「你知道嗎？那些和爸爸打架的人，後來都變成爸爸的好朋友，像莊叔叔就是啊。」

「哇！莊叔叔小時候也跟爸爸打架嗎？」

我好驚訝，莊叔叔的職業是人民保母，住在南投，從我有記憶以來，莊叔叔常跟爸爸聯絡，我們兩家人也經常一起出遊，我和莊叔叔的兒子莊晉吉每次碰面也都玩在一起。

我無法想像爸爸跟莊叔叔打架的樣子耶！

「如果你堅強起來，身邊那些想打敗你的聲音，很快地就會變成幫助你的力量。莊叔叔一直想揍我，是因為我看起來很臭屁，他說我會體操有甚麼了不起，每天獨來獨往，都不跟同學玩，自以為了不起，所以他故意拿我最在意的事情刺激我……不過他很快就發現，跟我打架我都不認輸，打到最後兩敗俱傷，每次打完架還被老師處罰，實在得不償失，所以他決定不要鬥雞了。」

「甚麼是鬥雞？」

「哈哈，故意刺激別人，讓人生氣到跳腳，像不像鬥雞？」

「嗯，刺激別人的人很幼稚，被激怒的人也很笨，其實只要不理他就好了。」我記得小時候和同學一起踢足球，常有同學笑我踢得爛，我很在意的回家告訴媽媽，媽媽說，如果我愈在意，別人就越會嘲笑我。

每個人都有弱點，愈想遮掩弱點，別人越會玩弄這個弱點，如果可以坦然面對，對方會發現他沒辦法刺激我，這樣一點都不好玩，那就沒戲唱了呀。

我覺得媽媽太有智慧了！

爸爸繼續說：「莊叔叔後來跟我說，那時候他漸漸發現，雖然我沒有爸爸陪着成長，卻比很多同學勇敢，所以他開始找我一起打球。我也不計前嫌，不知不覺我們就變成好朋友了。」

媽媽說過，很多成為好朋友的人，一開始不一定都相處得很好，而是經過一些波折才互相了解，感情反而更好。

不知道我的好朋友在哪裏？我跟同學的相處不太融洽，或許我真的太自我了，難怪同學都說我臭屁。

想到這，我慚愧地說：「爸爸，我知道打架不對，你沒有臭罵我，還安慰我，我覺得很對不起你和媽媽。」

「兒子，你要知道，你的好表現不是為了爸媽，是為了自己，爸爸相信，你一定會讓自己變得更好，爸媽也會因為這樣感到安慰，懂嗎？」

我點點頭，覺得自己好幸運，有一心為我着想的媽媽，還有開朗的爸爸，我一定要勇敢起來，讓我們的家盡快回到原來的軌道上。

「以前媽媽把我們照顧得太好了，所以遇到一點困難，我們兩個人就亂成一團，現在最辛苦、無助的是媽媽，我們應該堅強起來，給媽媽當依靠才行。」爸爸說。

我笑了，爸爸想的也是我想的，謝謝爸爸，讓我更有信心了。

「這是媽媽的東西，爸爸覺得你可以看看，這樣你會比較清楚怎麼協助媽媽……」

我伸出雙手捧着爸爸遞上的小紙箱，覺得自己突然長大了，我不再是那個凡事向媽媽求救的小男孩了，我想跨步向前，知道更多我可以知道的事。

爸爸離開我的房間前說，他要去打電話給媽媽，他想媽媽了，我可以一個人靜一靜。奶奶又參加活動去了，很晚才會回來，奶奶幫我們煮好晚餐放在冰箱，晚一點拿出來微波就好。

等爸爸關上房門，我打開箱子，先看到一疊用A4紙畫的圖畫，有幾張只

是畫着大大小小重疊的圓，有些是畫着簡單線條的人形……都是我小時候的作品。後面的幾張畫作愈來愈顯成熟，我畫了愛心，畫了媽媽的樣子，還用歪歪扭扭的拼音寫着：mà ma wǒ ai ni。

我好驚訝！媽媽竟然把我的畫都保留下來……媽媽用這種方式，為我保存了一點一滴的成長軌跡。這就是媽媽啊！好愛、好愛我的媽媽。

我想起小時候，媽媽牽我的手帶我去散步，媽媽輕輕拍我的背哄我入睡，媽媽陪着我畫畫，笑着說我好棒……

箱子裏還有好多我小時候的勞作，有很多我和媽媽共同的回憶，我一樣、一樣地翻看着，就像看見媽媽仔細將它們收藏進這個箱子的模樣，然後我的眼神停留在一本白色封皮的筆記本上，我輕輕地翻開筆記本，媽媽娟秀的字體映入我眼簾：

七月二十六日

我的視力退化了，我最害怕的事終究發生了嗎？

媽媽生前發現問題的時候是四十歲，如果不是視神經萎縮，也許媽媽可以逃過那場死亡車禍。現在輪到我了，我比媽媽發病時年輕了幾歲，但是我甚麼也不能改變，是嗎？

看着陽陽快樂的笑臉，我希望我的視力退化只是疲累造成的問題，真希望只是自己太敏感。我沒有勇氣到醫院求診，害怕聽到不想聽的答案，我真的很害怕，很怕、怕我就要瞎掉了。

是媽媽寫的心情筆記！我的心跳得好快，我的手忍不住發抖，我想像着媽媽寫這些心情的時候，是我和爸爸都睡了的夜裏嗎？媽媽好無助，我和爸爸卻甚麼都不知道！想到這點，我的心痛了起來。

眼淚流下來，我吸吸鼻子，把筆記本往後翻。

七月二十九日

暑假都過一半了，計劃卻擱淺了。

成天和陽陽賴在家裏。陽陽畫畫、讀書，我總是發呆，看着我珍愛的孩子，他在我身邊，我的心中卻湧上許多不捨。

他總是靜靜地陪着我，從他小時候到現在。體貼的孩子，温和的孩子，如果不是他，我怎麼能走過失去小女兒的痛。我以為可以一直依靠着孩子，當我想起那些失落，他掌心的温度會温暖我的心；我以為我可以一直這樣守護着孩子，用我的雙眼記錄他每天的成長；當他需要我，我就張開雙臂，有我在，天塌下來我的孩子也無感於驚恐。

但是現在，我感覺天要塌下來了，孩子對不起，對不起、對不起，媽媽沒辦法不讓你傷心。

八月十一日

早晨醒來，眼前一陣模糊，我的心涼了，明明窗外是豔陽高照。

陽陽和俊彥笑着邀請我出遊，我不敢讓他們察覺異樣，幸好我的視力還能應付生活所需，但如果再退化下去，我該怎麼辦？誰可以幫我？

我會成為陽陽和俊彥的累贅嗎？

八月十六日

我焦慮，控制不了自己的心，我的心叫我猛踩生活的油門，我失去了耐心，每個當下都想着下一秒、下一分鐘該進行的事項，我對陽陽提高了音量，當他沉浸在他最愛的故事書裏，我竟然怎麼都看不順眼，為甚麼忘記練琴？為甚麼不趕快把暑假功課完成？為甚麼他對家事一概不清楚？

我抓狂了，我對孩子咆哮！儘管孩子無辜的噘嘴，我無法同理他的心情，我是被追趕的一部老爺車，死命的踩下油門，只管往前衝，傷害了身旁所有平順、安靜的事物，我知道我失控了，但我停不下來！

只有在夜深人靜的此刻，我才能和自己平靜地對話，我錯了，我嚇到陽陽了，但是我不知道明天，明天我是不是還會失控？我自己都害怕這樣的失控，我該怎麼保持平靜呢？

我想起了那天，媽媽突然生氣，我嚇壞了，我以為媽媽只是太累，原來她心裏藏着龐大的壓力，那股無形的力量拉着她一路亂衝亂撞！

我那時候覺得好無辜，心裏怪媽媽沒事亂發脾氣，現在卻覺得媽媽好辛苦，她的擔心沒有人可以分擔，她的恐懼沒有人可以傾訴，還有好多、好多未來來不及掌握，她一心牽掛着我，她一定希望可以一夜之間看我長大，希望自己可以一下子把未來十年的事都做完，這樣就算眼睛瞎掉也不至於那麼擔憂了吧？難怪她會心急、會失控。

九月一日

開學了。

第五年了。

當媽媽是一件幸福的事，卻也是揪心的。

那一年陽陽要上小學了，我心裏五味雜陳，現在終於知道這樣的心情會一路跟隨我，有天孩子上國中不再天真了，讀高中要離家住宿了，上大學交女朋友，出社會展翅飛翔了，然後有一天，我的小陽陽也當爸爸了……

我已不能想像
自己渴望築夢
的心跳
凝望那純真
笑顏
如紀伯倫言
我願
竭盡所能的弓起身子
成他翱翔的助力
我想緊緊把握
他靠在

我弓上的分秒
想像他
為夢射發而去的
瞬間
我難忍心顫
匆忙記錄他的温度
總怕不及
分分秒秒不曾停歇
那刻來臨　我將
仰頭
　見他高飛
　　遠遠奔向
　　　自己的天空
而我在回憶裏

擁着他

九月三日

我的手燙傷了。有多痛？

不，不痛，心痛。

也許很快我就不能再這樣記錄我的心情了。

黑暗的世界讓我恐懼，但我更恐慌着孩子的生活因我而改變。

九月五日

也許我該高興，我只是即將失明，只是不能用雙眼看見我熟悉的世界，不能用雙眼記錄孩子的成長，但我可以用我的體温温暖孩子的心。

九月十日

確診。

視神經萎縮。

怎麼辦呢？我愛的俊彥和陽陽。

那一天在車上，媽媽的眼淚都要流成河了，但文字竟然如此平靜，她的心裏一定壓抑着很多難過。

九月十九日

陽陽，今天媽媽教你煎荷包蛋。

這是媽媽能給你的最有保障的愛了。

記錄停留在這一頁，我好想知道媽媽更多的心情和想法，雖然看到媽媽的心聲讓我心痛，但是我必須體會這樣的痛，才能感受媽媽的感受。

媽媽對我堅定的關愛讓我慚愧，我竟然沒有想過自己該為媽媽做甚麼。

現在我決定了，就算有一天媽媽的眼睛看不到，我也會陪媽媽走過辛苦的路，不讓媽媽獨自被恐懼包圍，我要陪着媽媽，讓媽媽覺得幸福。

隔天早上，爸爸載我去上學。爸爸告訴我，我的課後安親班取消了，我放學以後可以到古山國中的體操館，爸爸下午的時間都在體操館訓練選手，我可以到觀眾席找個光線充足的地方寫功課，至於完成功課以後的時間，爸爸相信我自己可以安排得很好。

不管讀整天還是讀半天的日子，爸爸都六點下班，然後我們父子一起回家吃晚餐。我對這樣的安排感到安心，也計劃好寫完功課後可以看課外讀物，可以到操場運動，還可以……

星期五，我很快就完成功課，我走到觀眾席的窗口，在這裏可以看到整個操場，以及館外的廣場，突然，我聽到一聲吼叫。

「猴子！」

我往外探頭，看見體操館的大哥哥叫住一個瘦小的人，那個人背對我，但是背影好熟悉！我在二樓，清楚聽見他們的對話。

「我不練體操了，叫我幹麼？」猴子說。

「嘿啊，你都沒有上體操了還來這裏做甚麼？」

「我有東西忘記拿，回來拿不行啊？」

「甚麼東西？拿出來我看。」

「我不要！」

「偷東西就偷東西，裝甚麼啦！」

「我沒有偷東西，你不要亂講。」猴子生氣地大叫。

「你偷東西大家都知道，總教練就是這樣才把你踢出體操館。」

猴子的肩膀激動地起伏着，他一定很生氣，只是強忍着怒火，是惱羞成怒嗎？如果他忍耐不住會怎麼樣？

「我沒有偷東西，不要冤枉我。」

猴子大吼一聲就要跑，但是大哥哥很快地追上去，一把扯住猴子的衣領。

猴子別過頭，我看到他的臉了，猴子就是朱小強！

我轉身往樓下跑，衝到外面的廣場去。

「我要搜身，看你有沒有藏別人的手錶、手機還是錢包。」大哥哥說。
「放開我。」猴子扭動身體。
我跑過去，大聲叫着：「大哥哥，你放開朱小強，你這樣不對。」
大哥哥停下手，轉頭看我說：「去寫你的功課啦！不要管閒事。」
「你不可以欺負我同學。」
「哈哈，我哪有欺負他啊？是他自己不要臉！」
「你這樣抓住他就是欺負他，你憑甚麼說他偷東西，憑甚麼搜他的身體？你已經侵犯人身自由了。」
「你知不知道他在體操館偷東西，他有前科，現在被當嫌疑犯也是應該的。」
「你這樣說不公平，不能因為他做錯一次，你就給他貼標籤，你這樣我要去請總教練來處理了。」我做勢要跑進辦公室。
「臭小孩不要走！」大哥哥生氣地瞪着我說。
「我懶得跟你們計較，近朱者赤，近墨者黑，你等着回家被你爸修理啦。」大哥哥說着，氣呼呼地走開。

我和朱小強對望着，他臉上的怒氣已經消失，頹喪的垂着肩膀，我覺得我應該找話題打破沉默。

「欸，你功課寫了沒有？」

朱小強搖搖頭，說：「我沒有偷東西，我只有拿大家不要的寶特瓶，我也不知道手錶為甚麼會在我的書包裏。」

「你有解釋嗎？」

「沒有用，誰都不會聽我解釋。」

他搖搖頭，轉身要走開。

我走上前，對着他的背影說：「欸，如果你敢看着我的眼睛勇敢地說沒有，我就相信你。」

朱小強很快地轉身，眼神堅定地看着我，說：「我沒有偷東西，我是說真的。真的，我沒有偷東西。」說完，他轉身跑了。

我相信朱小強，雖然我才跟他打過架，但是我相信他。

媽媽說過，一個人的眼神騙不了人，我在他的眼睛裏看到委屈和在意，如果他偷東西，眼神會心虛和閃爍。媽媽也說過，被冤枉是很難受的事，所以我們要保護自己的名譽，從小事開始，要清楚當下的情況，一旦被冤枉，要盡力替自己伸冤，如果有跳進黃河也洗不清的事，也要堅定自己的心，不要跟着別人懷疑自己。

回家的車上，爸爸問我：「你為甚麼相信猴子沒有偷東西？」

「我沒有親眼看到，就不可以說他偷東西，他也說他沒有。」

爸爸點點頭，但是我知道我沒有辦法說服爸爸也相信猴子。

「爸爸，你知道嗎？我很不喜歡被冤枉，有些事別人要誤解我，我也不會解釋，但是有些事我有我的堅持，我知道自己在做甚麼，不能忍受是非不明的事。」

「嗯，爸爸也是這樣想的。」

「我記得三年級的時候，有一次，校長到教室來上陶土課，後來老師說，這堂課有發表感想的同學可以到他那邊領禮物，輪到我跟老師拿禮物的時候，

老師很驚訝地說我那節課沒有發言。」

「結果呢？」

「只有兩個同學說有看到我發表，但老師還是很堅持他沒記錯，我跟老師辯解，老師最後把禮物交給我，說：『文陽，老師可以把禮物給你，但是你要記得你這節課並沒有發表，我是因為你的作品很有特色才把禮物給你。』」我一口氣說完，回想起被誤解的畫面，心情隨之起了波動。

「這樣的結果不好。」爸爸說。

「爸爸這樣覺得嗎？」

我以為除了媽媽，不會有人這麼了解我的心情了。

爸爸點頭說：「生活中，難免會發生這種事，明明應該很清楚，卻不知道為甚麼有兩種答案，只要你確定你的記憶沒有錯，爸爸百分之百的相信你，我也相信一旦你事後發現哪個記憶片段錯亂了，一定會勇敢承認，對吧？」

我點點頭。

爸爸又說：「但是身為老師，爸爸必須針對每個學生的個性做不一樣的處理，如果是好勝心強，或者自我要求高的孩子，爸爸會告訴他，可能剛才沒注意到他的發表，我要請他當場表現，再把禮物給他，我不追究到底是他記錯還是我記錯；對於迷迷糊糊，經常打混的孩子，難得他這麼想要禮物，表示他想振作，我就承認我記錯了，把禮物給他，之後我會更注意這個孩子的表現。不過文陽……」

我很認真地聽爸爸說話，第一次覺得爸爸跟媽媽同樣有智慧，第一次覺得我們父子可以這麼貼近的聊着想法，真好！也第一次覺得，爸爸原來和媽媽一樣了解我耶！

「不管是老師還是你，我們每個人都不斷在學習做人和做事的方法，相信老師也不是每次都讓你失望，對吧？」

「嗯，我記得那時候有個同學指着我，大笑說：『不要臉，明明沒有發言還跟人要禮物。』我很生氣地告訴那個同學，請他不要這樣指着我，然後我把禮物還給老師，告訴老師，既然他認為我沒有發表，那就請不要給我禮物。」

「爸爸覺得你很勇敢。」

「那時候我很難過，一直想為甚麼會這樣。幸好後來真相大白了，那一天放學後，老師跑去請問校長，校長竟然還記得我發表的短詩，老師也回想起來，原來那段時間他轉身到辦公桌去拿手機要拍照……」

「哇！幸好！」爸爸停下車，我們到家了，我在爸爸眼中看到驚喜、看到鬆了口氣，他一定感受到我的委屈了。

我從來沒想過，有一天我可以和爸爸分享這些！因為媽媽暫時缺席，爸爸真正融入我們這個家了。

第8章

有能力的愛

幸福是有人關心自己，發現自己有能力關愛別人。

愛可以讓自己變得有能力，有能力的愛會讓自己變得勇敢，不再被動等着被關心，也可以打敗生活的困難。

我的夢醒了，困難還沒克服，但是生活踏實了。

這個週休二日，原本爸爸要帶我南下去看媽媽，但是體操館臨時有重要的事要忙，所以探望媽媽的事要延期了。

我有一點點失望，不過我和媽媽通過電話，我笑着告訴媽媽我很好，我很想念她，請她好好照顧自己，不用替我擔心，而且這個早上我幫自己和爸爸煎了荷包蛋喲！奶奶說，媽媽把她的乖孫教得太好了，又有氣質又敬老，竟然還會下廚，她擔心過沒多久，搶着要當她孫媳婦的人就會大排長龍了……

哈哈，奶奶真可愛，想到甚麼就說甚麼，我在奶奶和媽媽的個性上看到明顯的差異，這樣的差異就是婆媳問題的原因吧？

媽媽太纖細，奶奶太直白，兩個善良的好人，關在一個籠子裏一定會雞飛

狗跳……倒楣的是爸爸，哈哈，我怎麼這麼聰明！

原來讓自己變得勇敢，變得樂觀、開朗，不難耶！

爸爸說，要成為一個甚麼樣的人，是自己決定的。這樣的話媽媽也跟我說過。

我想要成為一個陽光的人，我不想坐困愁城；我還要成為有能力的人，能力可以讓生活有意義，可以讓生活更順利，也可以讓愛變成一種力量，這個力量可以突破很多難關。

雖然媽媽暫時不在家，但是我漸漸覺得，媽媽一直陪伴着我。從小到大，媽媽陪着我一天天長大，陪着我度過一次次的難關，媽媽總是耐心地為我解說許多事，那些時候我聽不太懂，但是現在，我突然感受到媽媽灌溉給我的養分，讓我長出了能力，讓我可以迎向陽光。

寧靜的星期六早上，我心血來潮寫着一份功課：

關於我的組員——朱小強。

朱小強總是跟賴子福在街頭嘻皮笑臉，像蟑螂哪裏有垃圾就往哪裏去，我不能理解這樣的人。我以為他很軟弱，可是當我跟他打架，卻發現他的拳頭很有力氣，可以把我打得鼻青臉腫。

然後我又發現看起來呆呆的他，面對棘手的問題竟然可以臨危不亂，難怪他叫蟑螂，難怪很多人欣賞蟑螂的生命力。

我也決定下次看到蟑螂的時候，不要反射性的拿起拖鞋追打了。這是我對他的幫助啊，因為……我聽過一句話：一個友善的微笑，比名牌的東西還讓人感動。

我的組員蟑螂也是我記憶中的猴子，猴子不撿回收，他翻飛在地板上，我好想看看長大後的猴子爬繩子，看他一展身手，看他在自己的舞台展現自信的模樣。

這是老師要我們做的組員關心記錄，我很快就完成了。

奶奶喊我，要我接電話，我猜想是媽媽打給我的，媽媽一定還有話想跟我

聊吧？

「陳文陽，你快點到我家的攤子找我。」電話那頭的人沒頭沒腦地說。

「你是誰？」其實我已經聽出聲音了。

「我是阿福啦！」

「我跟你很熟嗎？你怎麼知道我家電話？」我故意用很酷的聲音說。

「我跟你同組，老師有給我們組員的電話，蟑螂也要來，你快點來，從你家走路到這裏只要五分鐘。」

「我為甚麼要聽你的？」我看向窗外的陽光，有個理由出門其實不錯。

「因為我那天沒有揍你啊！」

「所以咧？」

「如果我那天跟蟑螂一起揍你，你一定被打扁了。」

「謝謝你啊！」我覺得好笑。

「不用客氣啦！快點來。」

「不要。」

「欸！你怎麼不給我面子啦！」

「你的臉那麼大，不需要我給你面子啊！」原來我也會耍嘴皮子，心情都輕鬆了。

「你這個臭屁陽……」

「好啦、好啦！我去啦！看在你那天沒有打我的恩情上，我現在去。」

「對嘛，快點。」

掛上電話，我的腳步很輕快，心情很輕鬆，原來我的世界可以不一樣。

我告訴奶奶要去找同學，趕忙拿個紙袋，把家裏的寶特瓶和報紙都收集好，然後提着一大袋回收出門了。

早上八點半，賴子福家的豬肉攤生意很好，我在豬肉攤旁邊站了一會兒，看見賴爸爸俐落地剁着豬肉，賴媽媽負責招呼客人。

賴媽媽和賴子福一樣臉圓圓的，身材也是圓柱形的，臉上的肉堆疊在一起，兩片厚嘴唇咧得開開的，笑得像夏天的陽光。

「王媽媽，你買的後腿肉好了。」賴子福從他爸爸背後跑出來。

第8章
有能力的愛

「阿福，謝謝你。」王媽媽笑說，看起來很熟悉這樣的服務。

「不客氣，再見。」賴子福笑着揮手，看到了我提高音量說：「文陽，你等我一下，我要先到冷凍庫搬豬腿。」

「文陽來了！」賴媽媽對我點頭。

我禮貌地叫一聲賴爸爸和賴媽媽。

賴爸爸笑着用不標準的國語說：「輪陽，你把幾袋五花肉拿回家，你爸爸很愛吃五花肉。」

「賴爸爸，我媽媽不在家，我沒有要買肉。」

「輪陽，肉是賴爸爸送都啦，我們都很想一斤螺絲，你拿回去，奶奶會處理啦。」

「好啦、好啦，等收攤我送去文陽家，順便看文陽奶奶，以前奶奶來宜臻老師家也常來買肉，我很愛跟她聊拜拜的事。阿福，你把豬腿拿出來就快點跟文陽去……小強也來了，小強你要等一下啊，阿福還有工作。」賴媽媽說。

「我來幫忙。」朱小強說完便跟着阿福往後面走去。

「謝謝啊，小強。」賴爸爸呵呵笑說。

看見聚集在攤位前的婆婆媽媽，賴爸爸和賴媽媽開始忙碌的招呼，我趕快跟在賴子福他們後面跑去，心裏有一種奇怪的感覺，為甚麼我以前沒有發現賴爸爸的純樸、賴媽媽的可愛？他們一家人都很親切、自然，我卻先入為主的對他們有成見！

「哇！這一隻很重！」朱小強叫着，接過一隻豬腿放進地上的大籃子裏。

賴子福來來回回進出冷凍庫，我走過去一看，裏面就像一個小房間，好冷啊！賴子福好厲害，穿着短袖跑進跑出。

我聽他說：「蟑螂，等一下，還有三隻。」

「我幫你。」我把紙袋放在地上，踏進冷凍庫裏，跑到賴子福身邊，跟着用兩隻手捉起一隻豬腿，好新奇的體驗，我沒有覺得冰冷的豬腿噁心，只想快點幫忙。

賴子福一手抓一隻豬腿，我們把最後三隻豬腿放進籃子裏。

賴子福說：「我們要把這些豬腿扛到前面，放進小冰櫃，今天買豬腿的人

很多，新鮮的貨都賣光了，幸好還有冷凍的。」

我看賴子福和朱小強一人扛着籃子一邊，兩個人駝着背，很吃力地搬着，我便把紙袋丟到籃子的上面，跟着用手抓住籃子的邊邊。

三個人費力的把豬腿放進小冰櫃，這才如釋重負。

賴子福對這些工作沒有抱怨也沒有喊苦，如果是我，我可以這樣盡責嗎？我可以。我跟在賴子福他們後面想：只要珍惜和面對，不管出生在甚麼樣的環境都可以發現快樂，與其抱怨和逃避，不如樂觀的面對，這樣就算辛苦也會有收穫。

媽媽說過，遇到辛苦只想抱怨，會讓困難更加困難；如果打起精神想辦法克服，很快就會發現柳暗花明又一村……我慢慢體會到媽媽的話了。

「文陽快點啦，楊可欣等很久了！」賴子福在前面喊，我加快腳步跟上去。

關於我的組員——賴子福。

我總覺得賴子福很低俗，因為他爸爸的肚子很大，講話又發音不標準，還因為他家是賣豬肉的。我們都會罵很笨的人是豬，豬天生就受到歧視，雖然依照科學家的研究，豬的智商其實不低。

原來我是井底之蛙。我竟然因別人的職業和外貌，打從心裏瞧不起人！「職業沒有貴賤」這不是一句道理，是必須用心感受的事實，看到賴子福一家人齊心在豬肉攤工作，看到賴爸爸沒有心機的對待每個人，看到賴媽媽親切地招呼我和朱小強，我明白了賴子福為甚麼總是幫着朱小強卻不求回報了。

今天我幫賴子福搬豬腿，突然覺得，賴子福就是媽媽說的那種有能力的人，他的爸媽給他有能力的愛，所以他可以在惡劣的環境中生存得很好，也會用他的能力照顧身邊的人。

我想跟賴子福說：「對不起，我以前很臭屁，很自以為是，謝謝你，讓我懂了腳踏實地的生活是怎麼一回事。」

「啥！」我聽到賴子福大叫：「臭屁陽跟我說對不起耶！」

啊！我想着組員關心記錄的內容，竟然把最後一段話說出口了。

「欸！臭屁陽你確定你是跟我說對不起嗎？」

「對啊，你那天跟我道歉，我也不想小心眼嘛！」我不想對賴子福說讚美的話，不然要換我叫他臭屁福了。

賴子福笑哈哈的搭着我的肩膀，讓我有點不自在，不過……我笑了，我要習慣這樣的友誼。

我把手上的紙袋遞給朱小強。「你可以幫我處理這些回收嗎？」

朱小強繃着臉說：「不用了！」

「蟑螂，你很不夠意思耶！宜臻老師不在家，你幫他家處理回收啦，不然他們還要去追回收車，很麻煩耶！」賴子福嚷着。

朱小強翻翻白眼說：「好啦！你幫我拿着啦！」

賴子福呵呵笑着接下我手中的紙袋，我聳聳肩，腳步輕快地走向楊可欣的家。

賴子福左手拉着我，右手勾着朱小強的肩膀，說：「我跟你們說啊，等一下去楊可欣家，不要提到她爸爸的事……」

「為甚麼？」我問。

「因為啊，她爸爸不常回家，好像住在『小三』家比較多。」

我吃驚地張大嘴巴，楊可欣的爸爸不是大學教授嗎？

原來幸福也有假象嗎？賴子福繼續說着他聽說的事，賴子福說話的樣子不八卦，只是好意讓我們了解狀況，我也就安靜地聽着……然後來到楊可欣看似溫馨的家。

我們在楊可欣家寫組員關心記錄，開心地說說笑笑，午餐在她家吃了有機餐，好多蔬菜和水果，有沙律、全麥麵包和濃湯，很清淡、養生的口味。

楊媽媽親切地招呼我們，她的模樣和我想像的完全不一樣。

午餐過後，楊媽媽帶楊可欣的弟弟去午睡，我們一邊喝着楊媽媽準備的「小朋友奶茶」，一邊聊天。

楊可欣笑說，她以為不把我們找來，我們四個人都會交不出記錄，就必須寫作文了，沒想到我們的動作好快，連賴子福和朱小強都完成兩份報告了（這讓我很意外，這兩個人是不交功課出名的，這次竟然這麼積極），結果只剩楊可欣的記錄沒頭緒，楊可欣說她找我們來她家是對的。

「其實這個報告超級好混的，我隨便寫兩句就可以交了，但是可欣是女生，我想再怎麼隨便還是多想兩天好了，哈哈……嘿！這個奶茶好好喝啊！」賴子福雙手捧着馬克杯，把奶茶「咕嚕、咕嚕」的猛灌進嘴巴裏。

「媽媽不給我和弟弟喝茶和有咖啡因的飲料，這個奶茶只在鮮奶裏面加了桂圓和紅棗，我試過自己煮來喝，就是沒辦法煮得這麼好喝。」楊可欣說。

「你媽媽好厲害，我媽只會叫我喝毛婷婷他們家買來的養樂多啦、可樂啦……」

「可樂不要喝！我媽媽說可樂拿來洗廁所可以洗得很乾淨，你可以想像可樂洗你的胃壁之後，你會有甚麼下場嗎？」楊可欣緊張地警告。

賴子福搔搔頭，呵呵笑說：「好啦！我以後少喝可樂……欸，文陽，楊老師都讓你喝甚麼？」

我張開嘴巴想回答，正好瞥見朱小強的表情，他看起來悶悶的。啊！我知道了，朱小強聽大家討論着自己的媽媽，心裏一定很不好受。

「喝白開水，喝白開水最方便又健康。」我聳聳肩說：「我今天一早起牀就被奶奶強迫喝了一大杯水，我爸爸每天起牀的第一件事也是喝水，我奶奶有時候很可愛，她認為對的事就強迫人家也要跟她那樣做。」

「小強，你奶奶也會這樣嗎？」楊可欣問。

朱小強抬眼看我們，點了點頭，慢慢加入我們的話題……

下午四點，楊可欣和楊媽媽手牽手，在家門口跟我們說再見。

經過賴子福家的豬肉攤，我和賴子福說掰掰，繼續往前走，朱小強提着紙袋走在我旁邊，我們一句話也沒講，他低着頭踢地上的石頭，我放慢腳步走在他旁邊。

關於我的組員——楊可欣。

楊可欣總掛着甜甜的笑容出現在大家面前，她留着長頭髮，穿着粉色系的洋裝，打扮得乾淨又大方，對待每個人温和又有禮。

想像中，楊可欣的媽媽一定也是這樣的，但是好意外啊！可欣的媽媽沒有很多笑容，只有淡淡的微笑，瘦長的臉配上短得像男生的頭髮，不笑的可欣媽媽看起來很嚴肅，她穿着T恤和牛仔褲，只要哪裏有點亂她就馬上動手收拾，難怪他們家看起來一塵不染，只要可欣和可欣的弟弟發出訊號，楊媽媽就會靠近他們，雖然楊媽媽的笑容不多，但是我從她的動作裏感覺到她的温暖。

當可欣和她媽媽跟我們揮手道別的時候，不知道為甚麼，我好像看到一幅寂寞的畫。我想幫她們畫一幅畫，寂寞是背景，人物的線條卻很有生命力。

「欸！」朱小強突然叫一聲，我停下腳步看着他。

「你家到了，我走了。」他說。

「啊，好。」我把手伸進口袋，看他越過我身邊向前走開，我趕緊出聲：「等一下！」

他回過頭，我掏出口袋裏的巧克力遞過去，想都沒想就說：「幫我吃掉吧，每次拿別人的巧克力我都很為難，不想拒絕又不愛吃，以後有你幫我解決這個麻煩了。」

他遲疑地接下我手中的巧克力。

我揮揮手說：「掰掰，趕快回家吧。」說着，我轉身走進家裏。

希望巧克力可以帶給猴子一點能量，我也真心地希望，猴子可以重新找到他的舞台。

星期一早上，爸爸在車子裏告訴我，他有一個驚喜要送給我。

甚麼驚喜？爸爸說我很快就會知道了，他停下車催我快點上學去。

我猜想着爸爸說的驚喜，是媽媽要回家了嗎？如果是，那真的是大驚喜，但不是啊，昨晚我才跟媽媽通過電話，媽媽說今天還要進行針灸療程。

咦？我走到座位，奇怪的看見我桌上擺着一個附蓋的免洗紙碗，這是誰的？

朱小強抬頭看我說：「你起牀灌一大杯水，就吃不下你奶奶煮的早餐了。我奶奶煮的鹹粥很好吃，你趕快吃一吃。」

「可是……」我肚子真的「咕嚕」叫了幾聲。

「放心啦！碗是新的，不是回收的啦。」朱小強翻翻白眼。

「我是說沒有湯匙。」我拉開椅子放下書包笑着說。

「吼！你真的很媽寶耶！你營養午餐用甚麼吃的啦？」

「筷子，吃粥要用湯匙。」我堅持，用筷子吃粥很不方便。

「拜託！」朱小強在餐袋裏翻了翻，把他的湯匙找出來，遞到我面前說：「拿去啦！用完要洗。」

我坐下來打開碗蓋，鹹粥的香味讓我的肚子更加「咕嚕、咕嚕」響，我埋頭連吃了幾口，真的好美味。

鹹粥吃到一半，楊可欣揹着書包，提着小碎花提袋走進教室，她從提袋裏拿出兩個保温瓶，分給我和朱小強，笑着說：「這是小朋友蔬果汁，喝了保證你們愛上蔬菜、水果，咦？阿福還沒有來，我把他的果汁放桌上去。」說完，她像輕盈的蝴蝶飛走了。

不久，賴子福匆忙地跑進來，嘴裏叫着：「陳文陽，你看、你看，我太有同學愛了，你不要太感動啊，哈哈。」

不知道他沒頭沒腦的說甚麼，只見一大疊資料「啪」的落到我桌邊。

「為了找這些資料，我跟賴子晴昨天晚上十二點才睡覺耶！」

我放下湯匙，拿起資料翻了翻，主題分類清楚的一大疊：後天形成的盲人心理關照、盲人點字學習說明、協助盲人從容生活的注意事項、全台盲人照護機構列表……

我愣住了，「盲人」兩個字還是很刺眼，我不要媽媽變成盲人，不要！

「你豬頭啊！陳文陽的媽媽又不是盲人。」毛婷婷推了賴子福一把，我的座位旁邊圍了一羣同學。

「很快就是了啊。」賴子福說。

「閉嘴啦！賴子福，你很笨耶！」簡麗珍也叫着。

「我做錯甚麼了啦？」賴子福無辜地搔搔頭。

「你詛咒人家媽媽幹麼？文陽的媽媽可能不會瞎掉啊！」

「先預備着嘛！文陽就是擔心他媽媽瞎掉，如果多了解、多一點準備，不管以後有沒有瞎掉，總是比較不用擔心不知道會怎麼樣啊，如果瞎掉，也才會知道要怎麼做比較好，不是這樣嗎？」賴子福很急地說了一長串話。

「當然不是！」

「聽不懂啦！」

「要是我，才不要看這些咧！」幾個女同學不滿地說。

我抿抿嘴唇，扶着桌子站起來，擠出微笑說：「你們不要怪賴子福。」

大家都安靜下來，我覺得緊繃的心情慢慢放鬆了，我要努力地往前踏步，學着接受任何可能的情況，大家可能聽不懂賴子福的意思，但是我聽懂了。

生活最可怕的就是，對還沒發生的事做很多負面的想像，因為不了解，因為憂懼延伸出來的想像，就像一隻魔手，拉着人往黑暗、恐怖的深淵裏跌下去。

如果用理智去了解害怕的原因，去找出一些應對的辦法，最後可能會發現，可怕的事根本都不會發生。

「謝謝你們，賴子福是關心我，你們不要怪他。」我說。

巫婆老師不知道甚麼時候已經來了。

她站在講台上拍手笑說：「來，聽老師說，你們對文陽的關心是一樣的，想法卻不同，可以把不同的想法講出來，老師認為很好，文陽的態度很正向，老師覺得大家都很棒，大家都是愛心天使。」

嗯，我也這麼覺得，大家都是最棒的，巫婆老師更是棒，如果不是老師，我們怎麼可能這樣和諧相處。

老師不是巫婆，她是我們在學校的媽媽。

第9章

屬於自己的舞台

幸福是：你眼中有我，我眼中有你。

單方面的付出和收穫，都不是幸福。

感受到關心，也學會關心，讓我的心很溫暖，這種溫暖好像讓人產生了魔法，魔法讓生活有了創意……

雖然媽媽不再牽着我的手，帶我去上學了，我還是可以幸福。

我站在體操館的觀眾席，看見朱小強俐落的前空翻……我發現不一樣的朱小強，而他也用不一樣的眼神看待我，原來只要跨過局限，就可以發現更多幸福的可能。

下午，我在體操館的觀眾席寫功課，突然聽到一個腳步聲靠近，我抬頭看見朱小強，他的臉上沒有笑容，但是聲音很友善。

「陳文陽，你可以教我數學嗎？」

我點點頭，比了比角落，朱小強懂我的意思，把書包放在地上，跑過去搬了一張有收放寫字板的桌椅過來。

朱小強坐在我旁邊，把數學練習卷拿出來。我問他哪題不會，他聳聳肩，兩手一攤，一臉無奈地搖搖頭。

我看看他的卷子，懂了。

以前，朱小強的課餘時間都在練習體操，他的數學基礎沒有打好，連基本的九九乘法都沒有背熟，「小數的乘法」、「面積」這些主題，他當然都沒辦法做答。

看我很久沒說話，朱小強不好意思地說：「沒關係啦，你教了我也聽不懂，我只是隨便問問。」

「只要你有心，我相信你一定可以進步的，數學跟很多科目一樣，熟能生巧，等你練習多了，可能會覺得這些題目比做體操的動作還容易啊。」

當我遇到困難的時候，媽媽總是耐心地鼓勵我。現在才發現，原來媽媽對我的支持，讓我的內心充滿勇氣，而我，竟然也有這樣的溫暖能量可以支持別人！

「陳文陽，謝謝你相信我。」朱小強誠懇地說。

「我相信啊，只要你肯花時間練習，不只數學，連國語、英語你都可以學好。那一天，巫婆老師讓我們玩遊戲，我就發現你的反應很好，哈哈，是我有眼不識泰山啦。」我呵呵笑說，應該不好意思的是我，我以前太自以為是了。

朱小強搔搔頭，臉紅地說：「你說我是泰山，可能是說我很會跳，像泰山可以在樹上跳來跳去，可是讀書我就不行了，你一下子那麼相信我，我覺得你說的不是我啦。」

「你要相信你自己啊，這樣才有自信，有自信做甚麼事都比較容易成功。」

「陳文陽，謝謝你。」

「朱小強，你很奇怪耶！幹麼一直謝我啦？」這個朱小強的頭殼是被雷劈到了嗎？之前一看到我，就像「喵星人」遇見「汪星人」，一定要上演貓狗大戰，現在對我這麼客氣實在反常。

「俊彥教練幫我證明，現在大家都知道我沒有偷東西了。」朱小強眼睛閃亮地說。

第9章 屬於自己的舞台

「真的嗎？」我好驚訝。

耶～這就是爸爸早上說的驚喜吧？

「俊彥教練利用星期六、日到體操館，調閱六月份監視攝影機的存檔影片，他把每個角落的攝影機影片都看過了……後來發現我被誤會當小偷的那天，整個下午我都在練習地板和單槓，並沒有去置物櫃那一區，是低年級的林志佑急急忙忙跑去廁所，又匆匆跑回去集合，中途想到要把手錶拿下來，就衝去置物櫃那邊，順手打開我的櫃子……

下課後，林志佑大叫有人偷他的手錶，說他明明把手錶放進包包裏，怎麼可能不見。

總教練集合體操館的所有隊員，沒有人承認，只好請大家把包包都拿出來，最後就在我的包包裏看到林志佑的手錶，總教練很生氣，說罪、罪爭……甚麼的……」

「罪證確鑿。」我接着說。

「對、對，就是這四個字。」

「好過分啊！」

「我那時候覺得很生氣，但是又講不清楚，總教練把我叫去辦公室，講了很多話，我一句也沒聽進去，只聽到他最後叫我不要再來了。」

「幸好真相大白，太棒了！」我開心地說。

朱小強笑着點頭，他的臉不再繃得緊緊的，整個人都開朗了。

「俊彥教練早上打電話給巫婆老師，請老師告訴我下午到體操館。我到這裏的時候，遇到那天捉住我的大哥哥，他跟我說對不起，還說林志佑很該死……總教練也有看那天的監視影片，他集合體操館的所有隊員，證明我的清白，總教練跟大家說明那是一場誤會，因為我的櫃子就在林志佑旁邊，是他自己放錯了，總教練說林志佑不是故意誣賴我，但是害我被大家誤會是很嚴重的事，所以他要處罰林志佑。」

我猛點頭，這樣的結果讓我驚喜，猴子有機會回到他的舞台了。

「總教練要我今天下午就回來練習。」朱小強說。

「好耶！」我拍拍手，為他感到開心。

朱小強搖搖頭說：「我不想這樣，我已經好幾個月沒有練習了，馬上又要比全國賽，還有……我也不知道要不要把下課以後的時間都花在體操上。」

我懂朱小強的意思了，他從幼稚園起就練體操，根本沒有時間做其他的事，包括認真的寫功課……這幾個月，雖然他放棄喜愛的運動，但也有了完全不一樣的體驗，要他再回去做單調的練習，而且是一度讓他受委屈的環境，當然會遲疑。

「但是……」我想，如果就這樣放棄，會不會太可惜了呢？

從小，媽媽就耐心地告訴我很多以後會面對的選擇，我知道只是把學校的功課讀好是不夠的；有一天，我完成學業，進入社會就業，過去在學校的每一次成績是一百分還是五十九分，並不會影響我的專業和興趣。

媽媽說，每個人都需要一個專屬的舞台，這個舞台會激發我的熱情，就算充滿挫折也沒辦法把我打倒，我會全力以赴，渴望在我嚮往的舞台上發光發熱。

我學鋼琴六年了，中間有好幾次感到倦怠想放棄，但是媽媽總是鼓勵我，總是當我的聽眾，用讚賞的眼神凝望我的十指在琴鍵上跳躍，每次我練完一曲，她就用熱烈的掌聲鼓舞我，讓我相信自己的琴聲很優美，然後我感覺到了自己內心的聲音：我不會是第二個周杰倫，但是我終於愛上彈琴，也喜歡走上舞台演奏。

我也喜歡畫畫，媽媽幫我找尋比賽的機會，替我報名，鼓勵我完成作品。我多次參賽，也曾經獲獎，努力以後，站上頒獎台的感覺，真的很棒。

我也代表學校參加縣內語文競賽，獲得小學組作文類第二名。我希望有一天，可以站上全國賽的頒獎台……

我還在增長能力，但我已經找到屬於自己的舞台了，我正在我的舞台上練功、專注，和夢想着。

在這個舞台上，我可以忘記孤獨，也不怕失敗，一次又一次地勇敢嘗試……

媽媽說，這些過程會讓我更了解自己，不管我將來會不會從事鋼琴、畫畫或寫作的工作，這些練習都會豐富我的生活，讓我變成更有能力的人。

我很幸運，有一個特別的媽媽，她沒有要求我的成績要多好，她總是給我很多嘗試的機會，讓我盡情的去發展潛能。媽媽不只是引領我成長的人，還是我最棒的觀眾和聽眾，因為媽媽的鼓勵和陪伴，我才可以自信地走上舞台。

媽媽說，每個人都需要一個舞台。

我想，每個人也都需要一個忠實的鼓掌者，掌聲不一定要響亮，只要專注地凝望台上的人，用溫柔的眼神、溫和的耐心，以及堅定的陪伴……媽媽始終這樣關注我，她在我小小的舞台之下，無怨無悔。

現在，我學會了，用同樣的關注眼神，站在媽媽的台下，我要讓媽媽安心、自信地揮舞她人生的畫筆。我相信，就算是黑暗的世界，只要有很多的愛，仍可以讓那張黑抹抹的畫紙變得豐富多彩。一定可以的！

我好希望，朱小強能堅定地站在他的舞台上。我也會真心地為他鼓掌。

「俊彥教練跟總教練說，他想訓練我，總教練答應了。俊彥教練跟我說，我可以彈性練習，不用像以前把放學後的時間都花在體操館，把體操練好固然很重要，但是不應該一旦拿走體操這個項目，我就甚麼都不會了。」朱小強說。

「所以……」我有一點驚訝，不懂爸爸這樣的安排是為甚麼？

「以前練體操，我的功課常常都沒寫，即使有寫也是隨便應付，除了學校上課的時間，我大部份都在體操館練習，我真的只會體操和撿回收這兩件事。」

「這樣已經很厲害了啊！」我說。

以前，我覺得撿回收是沒能力的人才做的工作，現在我知道自己錯了，撿回收需要毅力才能持之以恆，也需要很強的忍受力才可以把垃圾變資源，我做不到的工作就應該用正向的眼光去欣賞別人，換個角度看待事物，自己才有機會進步和學習。

「但是俊彥教練說，把書讀懂是學生的責任，這樣以後才有比較多的選擇。我以前很混……我覺得俊彥教練對我很好，是你幫我說話嗎？」

「我才沒有咧，因為你是可塑之才呀，有你這種選手在門下，對教練來說是求之不得啊！欸，快點寫功課吧，把握時間才不會辜負教練的期待。」我說。

朱小強點點頭。

「你先寫國語，數學我再想想，怎麼教你比較好，慢慢來，你一定可以把不會的學起來。」

朱小強看着我笑了，我也笑了，有朋友的感覺真好。

接下來幾天，放學以後，我都和朱小強一起寫功課，學校讀整天的日子，朱小強只利用寫完功課後的一個小時接受訓練，但其他高年級的隊員都已經加入學校的體育班，每天要練習四個小時。我忍不住問爸爸，這樣對朱小強真的好嗎？

爸爸說，懂得掌握時間的學生，專心一個小時就夠了，如果花四個小時卻心不在焉，只是浪費生命。

爸爸說得沒錯，朱小強荒廢幾個月沒練習，但他回到這個場地，很快又如魚得水了。

朱小強的笑容變多了，我的學校生活也變豐富了，有時候我會和朱小強討論他的體操動作，我喜歡看他的前空翻，俐落得像一隻貓，輕盈得像一隻鳥。

每天體操訓練後，朱小強會找到我，把他那天的點心給我。我把麵包還給他，收下鮮奶。

有一天，朱小強站在我面前看着我很久，然後說：「你是巧克力！」

「哈哈！你看，我的皮膚是黃的，不是巧克力人啦，不過……你小時候真的叫我巧克力耶，因為我把我的巧克力都塞給你。」

「哇！你真的是巧克力啊？那時候我們一起玩，我都不知道你是俊彥教練的小孩，我記得你喝鮮奶都是先喝一口，然後用舌頭舔一舔上嘴脣，跟貓一樣可愛。」

「真的！我就是習慣這樣。」

「吼！被我找到了！」賴子福突然衝出來，生氣地大叫：「你們兩個排擠我！」

「哪有？」我和朱小強異口同聲。

「為甚麼你們每天下課都一起走？」賴子福不滿地說。

「我要練體操。」朱小強說。

「我答應我爸，要在體操館寫功課。」我說。

「我也要跟你們一起來這裏。」賴子福任性地說。

「不行，你沒有理由來這裏啊！」我無奈地說。

「我不管啦！」賴子福跺腳耍無賴。

「不知道阿福可不可以練體操啊？」朱小強看看我，異想天開地說。

「賴子福不適合啦！他應該去練相撲。」我心急地說。

「啊哈！對啊！」朱小強又笑又跳，用動作和表情表示贊同我的話。

「吼！你們排擠我，還一起嘲笑我！我明天要告訴巫婆老師。」賴子福氣呼呼地指着我們。

「你不要生氣啦！我們不是取笑……對了！」我靈機一動：「巫婆老師說，有一個盲人服務中心要徵導盲小志工，她想幫我報名，還問我要不要找兩個同學陪我去，你們想陪我去嗎？」

「好啊。」朱小強乾脆地說。

賴子福雙手環抱胸前，繃着臉說：「這樣我就可以每天跟你們來這裏了嗎？」

「嗯……我去跟我爸說，因為我們參加小志工活動，有些事要利用放學一起討論。你也要回家告訴你爸媽，你不是體操館的隊員，來這裏寫功課不是教練答應的，教練也不能負責你放學以後的安危，只是允許你進來，你要負責自己的一切行為。」

我不希望給爸爸添麻煩，一定要先把狀況說清楚。

「這樣我就可以來這裏了嗎？」賴子福固執地問。

「你先回去跟你爸媽說，而且這個問題的答案也不是我可以決定的。」我說。

「媽寶陽，你怎麼跟老公公一樣囉嗦啦！」賴子福不耐煩了。

朱小強一手搭住我的肩膀，說：「文陽不是媽寶，他這樣說，你就這樣做啦，這樣我們才要讓你跟。」

「好啦、好啦。」賴子福只好答應。「我今天回家就跟爸媽說，是我自己要跟你們來的，這裏的教練也沒有誰答應要照顧我，是因為我同學在這裏我才可以進來。如果爸媽答應了我才能來，這樣可不可以啦？」

我和朱小強點點頭，朱小強的另外一隻手勾住賴子福的肩膀，我們三個人肩並着肩，開心得笑了。

就這樣，我和朱小強、賴子福成了三人行，每天放學以後，我們一起到古山國中的體操館寫功課，寫完功課，我和賴子福會站在觀眾席看朱小強練習，有時候，我也會和賴子福到操場去打羽毛球和跑步……

星期六早上，巫婆老師帶我們到盲人服務中心報到。

服務中心的主任笑着歡迎我們。

他告訴我們，因為他的家人有兩位是視障者，很能體會視障朋友在生活上的不便，和心理上的煎熬，希望透過這個活動，讓更多人關心視障朋友，並伸出友善的雙手協助他們。

主任很快地幫我們上了最重要的一課：如何引導視障者。

主任說，因為視障者無法觀察四周的環境，當我們詢問對方是否需要幫助時，必須先用手輕輕碰他們的手背或肩膀，然後讓他的手扣住我們的手肘；當我們要引導視障者前進時，要站在他的左前方，保持半步的距離，在前進的過程中，還要不斷地告訴他前方的路況。

我認真地做筆記，主任也讓中心的視障伯伯陪着我們到中庭演練一遍。

主任特別提醒我們，遇到視障者不可以貿然的拉他或過度熱心，這樣可能會嚇到他，也可能造成傷害；而且一般受過訓練的視障朋友，只要拿着手杖，就會有心理路線，可以自己前進。另外，如果有導盲犬協助他們，通常就不需要我們的引導了，但很可惜的是，台灣目前的導盲犬數量不多，視障者還是要靠旁人多關心和幫助。

主任帶領我們參觀環境，這個盲人中心的空間很寬敞也很乾淨，還有好多間教室分別在授課，有瑜伽課、點字課、按摩課，還有心理建設課程……

主任還告訴我們，視障者最大的局限是行動上充滿障礙，所以他們會訓練

視障者運用手杖，感覺障礙的存在以避免跌撞，讓他們能夠從一個地方移動到另一個地方，透過「定向行動訓練」，可以讓視障者用感官學習建構心理的地圖，讓他有空間概念，可以隨時知道自己在哪裏，然後獨立到達他想去的地點。

「視障者需要我們的協助，不需要我們的同情，經過訓練以後，看不見的盲人也可以和我們一樣，有很好的生活能力，他們的能力需要我們的肯定，有了我們的了解和肯定，視障朋友可以走得更順暢……」

主任的聲音充滿力量，我將這些話記在腦海裏，希望我在這裏學到的點點滴滴，都可以幫助媽媽。

突然，巫婆老師拍拍我的肩膀，我抬頭看着老師的笑臉。

她好像讀到了我的心思，小聲地告訴我：「別急，你一定可以幫助媽媽面對生活的改變。」

我點點頭，環顧中心的視障者，心頭還是湧上酸酸的感覺。我想像着，當媽媽看不見卻要獨自出門的情況……我會很擔心、很捨不得，就算她舉高白手杖，又有多少人曉得那是她的求助訊號呢？

怎麼辦？怎麼辦啊？

我希望風可以溫暖的擁抱我的媽媽，不要讓她感到害怕；我希望行道樹可以擁有魔法，關心、照顧行走在路上的視障媽媽；我希望世界上每一個出現在媽媽身邊的人，不管大人還是小孩，都有無限的愛心，不管媽媽需要不需要，只要看到她走在路上，都可以幫我照顧她……

我只有一個小小的心願，希望媽媽不管在哪裏，都可以平安的向前行，這……不會太困難，對不對？

我好希望、好希望有人可以給我一個肯定的答案。

隔天是星期天，爸爸一大早就開車出門，到了傍晚，終於載着媽媽回家了。

媽媽摸摸我的頭，我把我的臉貼近媽媽，雙手緊緊環抱着她的腰。

媽媽笑說：「爸爸說你長大了，怎麼在媽媽的懷裏，媽媽就覺得你像個小

寶寶，想這樣把你抱緊緊。」

「媽媽，就算我到了七十歲，在你的心裏我還是個小寶寶。」

「嗯，一定是這樣的，怎麼辦呢？媽媽會不會害你變成媽寶啊？」

「別擔心，現在同學都不叫我媽寶了，他們都改叫『陽光哥』耶！」我抬起頭，笑嘻嘻地跟媽媽分享這段時間所經歷的事，包括我和朱小強打架……

媽媽聽了驚呼連連，但是聽到巫婆老師讓我們合作玩遊戲的過程，媽媽緊鎖的眉頭鬆了。

媽媽一直和我手牽着手，依靠在沙發上，分享着我們分開的這段時間中，各自發生的事。

媽媽透過中醫治療一個月，自己敏感地發現，視力的退化還是持續。醫生說，確實有人經過針灸治療延緩神經萎縮，但是也有患者經過幾年的治療卻毫無幫助。

媽媽聽了心裏很難過，但是她很快就想通了，盡力過後就沒有遺憾，至於那一點點的失望，已經被她期待回家的心情沖淡了，她只想快點回家。

媽媽相信，只要不放棄，一定還有其他的治療機會。

我點點頭，媽媽終於回到我身邊了，我好開心呀！

晚上，我們一家人圍坐在餐桌旁，享用奶奶煮的美食。

奶奶直接問媽媽：「宜臻，你現在的視力到底剩多少？」

我和爸爸有默契地互看一眼，很快地轉頭看看奶奶，又看看媽媽。

「媽，去台南這段時間，我持續看西醫，也接受中醫的治療。有時候我的眼前會突然一片黑，視線模糊到只能看見影子，但是過幾分鐘就恢復了，我有預感這種情形會愈來愈常發生，醫生說我是急性的萎縮症狀，一旦退化就不能恢復正常視力了。」媽媽平靜地說。

「啊，所以……你有可能……真的會瞎掉啊？」奶奶無法接受地問。

「我跟醫生討論過，快一點可能三個月，慢一點的話就是半年到一年……你們不用擔心，我只是看不見，還有手有腳，只要接受訓練，依然可以像常人一樣生活。」媽媽微笑着說。

我卻聽到她聲音裏的微微顫抖。

「唉……如果……如果文陽也像你……那怎麼辦啊？」奶奶難過地搖頭，她不知道這個問題像一顆震撼彈，會炸毀媽媽努力武裝起來的堅強。

瞬間，媽媽的笑容不見了。

她低下頭，很久、很久說不出話來。我看見她的鼻頭慢慢變紅，眼淚滴滴答答掉落在紅色的裙襬上……

我的心好痛！好痛啊！

第 10 章
牽媽媽的手

幸福掌握在手裏，我決定幸福，所以我幸福了。幸福沒有標準答案。就算是豔陽高掛的夏天，也可能突然下起大雨；就算是嚴寒籠罩的冬天，也可能突然出現暖暖的陽光。生活中不變的道理就是凡事千變萬化，我們永遠沒辦法預測即將發生的狀況，只能把握當下，珍惜擁有，這就是我不變的幸福了。

我要牽媽媽的手，當媽媽的小太陽，不管未來的路有多難走，我都不會被打倒。

奶奶投下的震撼彈，讓我和爸爸措手不及。

媽媽慢慢用濃濃的鼻音說：「我想要堅強起來，但是我也會徬徨，你們不會知道，從看得見到看不見是怎麼樣的不甘心，我看過彩虹，我知道海是綠色的，我知道天可以藍得透亮……」媽媽愈說愈急。

「我還知道我的孩子每一天長大的那一點點差異在哪裏，因為我看過這些珍貴的畫面，可是我就要看不到了，不管世界有多美麗，多讓人驚喜，我都沒

辦法把那個景象烙印在我的眼底了，這不是我的選擇，我只是被強迫着面對結果，我也會很不甘心地問，為甚麼是我？也想要躲避一些讓我覺得很有壓力的關心。不管怎麼樣，我都決定要接受這樣的結果了，但是我不能接受，如果連孩子都跟我一樣……如果文陽也遺傳了這種詛咒怎麼辦？」

媽媽一邊說一邊哭，我握住她的手，希望她感覺到我的安慰，但是媽媽的肩膀激烈的抖動着，無力地用一隻手摀着臉，我的眼淚也流了下來。

「媽，事情遇到了就是面對啊！宜臻夠堅強了，醫生對宜臻的情況都沒辦法解決，你問還沒發生的假設狀況，同樣沒辦法解決，只是增添大家的擔心，幹麼要這樣啊？」爸爸沉重地抗議。

「宜臻，我不是要讓你難過，我就是擔心啊！」奶奶說。

我吸吸鼻子，問奶奶：「奶奶，有我這個孫子你會後悔嗎？」

「當然不會，你是奶奶的乖孫，唉，就算……啊就算你也這樣……你都是奶奶的乖孫，明天……明天開始我每天都去跪求媽祖，希望媽祖保佑你們母子平安、健康，要受罪讓我這個老人來受就好了！」奶奶急急地說。

「媽，你不要這麼說，我也希望你身體健健康康的呀！」媽媽抬起頭，淚流滿面地說。

「唉，宜臻啊，我說話直，你別見怪……還讓文陽這樣提醒，我知道了，你是我的乖媳婦，就算眼睛瞎掉了，就像你說的，你還有手有腳，沒甚麼好擔心的。」

媽媽對着奶奶點點頭，淚水還是不斷從她的臉龐滑落。

我拿衛生紙擦去媽媽臉上的淚水。

「媽媽，你後悔生下我嗎？」

「傻孩子，媽媽這輩子最幸福的事，就是有你這個寶貝。」媽媽哭着說。

「爸，你會後悔嗎？」我問爸爸。

爸爸先看我，然後轉頭看媽媽，難得感性地說：「我是文陽的爸爸，是你的另一半，也是媽的兒子，我很幸福擁有這三種身份，我不知道有甚麼好後悔的。沒有人的生命會永遠一帆風順，就算遇見大風大浪，只要我們一家人手牽着手，同心面對，互相扶持，風浪一定會變成過去式，你說對嗎？」

媽媽點了點頭，抿嘴微笑。

「媽媽，如果有一天我變得和你一樣，我想這是神明給我的另一種祝福，會讓生命更有意義。你不用擔心，我比你想像的還堅強啊！」

媽媽摸摸我的臉頰，我們相視而笑。

未來的日子，一定有笑也有淚，有平順也有風雨，但是誰的日子不是這樣呢？與其擔心失去，不如想着自己擁有的，然後會發現，不管如何，幸福依舊。

隔天下午，奶奶回老家了。

奶奶說她每個月會來看我們一次，也會住個三、四天，但她不想跟我們長久住在一起。她相信媽媽有能力應付生活的變化，爸媽也尊重奶奶的決定。我想，這是有智慧的大人之間的一種默契吧？

我問過媽媽，為甚麼奶奶不跟我們一起住？

媽媽說，奶奶有自己的生活圈，我們也有必須面對的生活，彼此都愛着對方，但是如果沒有適當的距離，愛也可能變成干擾和牽絆啊！

媽媽還說，如果我長大了，娶妻生子了，也不是一定得跟她住。

我才不會離開媽媽咧，我要永遠和媽媽住在一起。我肯定地回答。

媽媽笑說，以後我就不會這樣想了，好像她是未卜先知的神算呢，奇怪！

接下來的日子比我想像的還順利，因為擔任導盲小志工，讓我知道該怎樣協助媽媽。賴子福說對了，多了解就可以減少不安。

以前上學的日子，都是媽媽叫我起牀，現在，只要晨光透過窗簾，我就知道該起來了。我比媽媽早起，在媽媽起牀前煎好荷包蛋，做好三明治，温好牛奶，然後我會看到媽媽驚喜的表情。

我也會煮稀飯啊，是奶奶教我的，只要配上鹹蛋、醬瓜或麵筋，就是爸爸最愛的早餐了。

有時候，我會多做一份三明治帶去學校，跟朱小強分享。

朱小強說他拿手的早餐是蛋餅，不是那種用潤餅皮鋪上去煎的簡易做法，是自己調麵糊，加上豐富青菜的傳統版蛋餅。有一天我真的吃到了，哇塞！咬

上一口，滿嘴盡是幸福的滋味哩！

朱小強把蛋餅的食譜寫給我，還教我製作流程。就這樣，我成了爸媽口中的早餐達人。

除了做早餐，我也學會洗衣服、晾衣服，我突然納悶，為甚麼以前覺得家事就是媽媽的事，每天看媽媽忙着煮飯、洗碗、拖地、洗衣……甚至收拾我的故事書、檢查書包，我從來不覺得不對？

找不到襪子、內褲的時候，我總是習慣大喊一聲「媽媽」，我和媽媽都忘記了吧，我已經不是小Baby了，我沒想要長大，媽媽也不急着要求我。

現在，我做早餐、拖地、洗衣……才發現，我本來就必須分擔家事，看媽媽吃着我做的早餐，我開心得笑了，看見爸爸穿着我洗乾淨的T恤，我忍不住驕傲地說：「這些事難不倒我耶！」

遇見生活中突來的狀況，我不用跟媽媽求救，也不再急着緊張、害怕、逃避，我會深呼吸，想辦法解決。

長大的感覺好棒！

爸爸也長大了，下班以後，爸爸不再忙着自己的休閒興趣，他會進廚房看媽媽煮甚麼晚餐，在旁邊協助；吃飽飯也會負責洗碗，還會檢查我的功課，陪我和媽媽聊天……

媽媽持續到醫院追蹤檢查，也找到住家附近的中醫接受治療，我們都慢慢適應了生活的改變，也繼續在每個日子、每個變動中學習，但是，還是有甚麼地方不對勁。

不知道為甚麼，有一天媽媽竟然說要一個人去爬山，我一直阻止她，但媽媽說，有人告訴她，山上有一種草藥可以醫治她的眼睛，她一定要去。

我跟在媽媽後面出門，看見她走進草叢，往山坡上走，我緊跟着，最後看見她摸黑走在窄窄的懸崖邊，一隻手扶着山壁，一小步、一小步的前進。

我緊張得伸出手，想要喊媽媽，要她不要再往前走了。

我想要衝過去幫忙媽媽，但是看到腳下深不見底的山谷，我的背脊發涼、頭皮發麻，害怕得發抖。怎麼辦？我不敢往前，怕會掉進山谷，但是媽媽的視

第10章
牽媽媽的手

力不好，如果不小心踩空，怎麼辦？

我扶着山壁，一步步朝媽媽的背影走近，我的雙腳還是發抖，我的心在發顫，我伸長的手差一點點就要摸到媽媽的肩膀了，我高興得鬆開喉嚨叫：「媽媽！」

媽媽回過頭，她踩在懸崖邊的腳一滑，身體一傾，整個人往旁邊的山谷掉落。

我反射性的伸長手臂拉住她，然後趴在崖邊喘氣，並用盡力氣拉住媽媽的手，手好痛、好痛……

媽媽仰頭看我，竟然微笑說：「謝謝你，寶貝！」

我搖搖頭，無聲地哭了，媽媽為甚麼笑得出來？這時候有誰可以救我們？有甚麼辦法可以讓我們脫困？我要把媽媽拉上來，我喘着氣、咬着牙，用盡全身的力氣……但是我的身體跟着崖邊的石頭滑動……「轟」一聲！媽媽呢？

我猛然驚醒，是夢！

幸好是一場夢，我全身都是汗，心仍狂跳個不停，好可怕啊！

我翻身坐起，喘口氣，繃緊的神經慢慢放鬆，下牀看了看書桌上的鬧鐘，是晚上十一點，我走出房間想去上廁所。

走到客廳，突然看到一個影子，啊！是媽媽，媽媽為甚麼不開大燈呢？我想要喊媽媽，但只是無聲地張開嘴巴。

微弱的小夜燈下，媽媽摸黑在屋子裏走動，她閉着眼睛，一隻腳探索着前進，另一隻腳再跟着移動，一隻手摸到沙發、鋼琴、書櫃、立燈……我以為她會把立燈弄倒，但是沒有，媽媽走得很慢、很小心，沒有撞到任何家具。她閉着眼睛卻可以避開每個障礙。

最後媽媽繞過茶几，一隻手輕輕地摸到我的臉，好像知道我站在那裏，刻意繞到我身邊來。

她輕聲叫我：「寶貝。」

「媽媽，你怎麼知道我在這裏？」我驚訝地問。

「我聽到你開門走出房間的聲音，也聽到你的腳步聲停下來。」媽媽睜開眼睛笑着說。

第10章 牽媽媽的手

「哇！我幾乎是躡手躡腳的耶，媽媽怎麼還聽得到？」

「視力退化的人，聽力會比較敏銳，媽媽最近常常練習放掉眼睛的功能，只用觸覺和聽力去感覺周遭的變動，我的聽力真的愈來愈靈敏了啊。」

「媽媽，你好棒啊！」媽媽在用感官建立她的心理地圖，她一定花了許多時間去感覺和練習。

「你做惡夢了嗎？」媽媽溫柔地問。

「嗯，我夢見媽媽掉進山谷了。」

「聽起來好可怕啊！你需要我的安慰嗎？」

「還好，我不像小時候那麼害怕惡夢了，醒來以後只是想：幸好是一場夢。」

媽媽微笑說：「媽媽很意外，你把很多事都處理得很好，沒有媽媽的保護，你更自在、更可以掌握自己的生活了。」

「我還是需要媽媽的保護啊，只是沒機會當媽寶了。」我呵呵笑說。

「那我也不能當『家寶』囉！」媽媽也笑了。

「甚麼是家寶啊？」

「你和爸爸太保護我了，不讓我做太多家事，不讓我自己出門，甚麼事都替我安排得好好的，我就是家寶啦！」媽媽還是笑。

我沒有笑，認真地問：「媽媽，你不喜歡這樣嗎？」

我想尊重媽媽的感受，不是一廂情願地幫媽媽。

「媽媽不會不喜歡，就像媽媽以前照顧你，你會不喜歡嗎？」

「我喜歡媽媽照顧我，也很懷念那個時候。」

「現在，很多事你可以做得很好，不會的也可以慢慢學起來，你會不喜歡嗎？」

我搖搖頭。

「現在的你有不一樣的快樂，對不對？」媽媽了解地問。

我點頭說：「對，我比較有能力了，不需要一直被照顧，還可以對身邊的人付出，所以我有不一樣的快樂。」

「媽媽很高興你和爸爸的改變，尤其是你，你懂得付出，也勇敢地嘗試和

學習，這些成長讓你感受到自己的能力，也幫助了媽媽，這讓媽媽可以放心鬆開手上的線，讓你自由去飛翔，除非你需要媽媽的協助，不然媽媽不會緊緊牽絆着你，因為你希望媽媽信任你的能力，不希望媽媽給你的愛裏面有太多擔心，對不對？」

我點點頭，好希望媽媽告訴我，我該怎麼做，她才會更快樂呢？

「不要擔心媽媽，你就是太擔心了，才會做惡夢。」

是啊，我擔心媽媽，我怕她沒有辦法適應改變，我怕她不快樂，我擔心媽媽一個人在家，燙傷了、跌倒了，怎麼辦？我擔心她一個人出門會危險，只要她想獨自出門，我就會拼命阻止，就像夢裏那樣。

「如果媽媽的視力完全喪失了，你還擔心媽媽沒辦法一個人從客廳走到廁所嗎？」

「我最近很擔心耶，不過，看了媽媽的模擬，我不再擔心這件事了。但是如果媽媽一個人出門，我還是不放心。」

「星期天，你可以陪媽媽去接受訓練嗎？媽媽想要學點字，也想知道怎麼使用手杖，還有好多、好多想學的事，接下來，媽媽的生活會很充實啊！」

「好啊，爸爸也一起去。」我非常樂意，最近我們一家人總是一起行動，不管去哪裏，都是三個人。爸爸說，他喜歡陪我和媽媽呢。

「除非爸爸願意陪我們走路，這次不准他開車。」媽媽笑着攤攤手。

「明天問爸爸。」我也笑着眨眨眼。

「好囉，現在去尿尿，然後睡覺。」媽媽温柔地說。

夜裏，好安靜，爸爸睡了，媽媽睡了，連風都睡了，樹也靜悄悄的，只有時鐘「滴答、滴答」的陪伴着我，我躺了好久好久都睡不着，想到今天早自習，巫婆老師告訴我們，教育部舉辦的「兒童繪本創作大賽」，老師鼓勵我們參加，可以自己畫畫和寫故事，也可以和同學合作。

我的腦海裏播放着小時候的回憶，心裏暖暖的……

我從牀上坐起來，走到書桌旁坐下，想把心裏的感動寫下來，就像媽媽記錄她的心情。

第10章
牽媽媽的手

〈牽媽媽的手〉

漆黑的夜，是誰的腳步聲
啪答、啪答？
我害怕！

呵呵，是媽媽。
媽媽幫我蓋被子的手
暖暖的、軟軟的，
我喜歡。

光燦燦的早上，是誰張嘴吼着：
「快點、快點！」
好嚇人啊！

哎呀！
是急呼呼、忙匆匆的媽媽。
她像一隻獅子，
用刺刺的爪子
拉着我小小的手。

黃澄澄的燈下，
是誰輕輕摟着我
呢喃說着幸福的童話？

嘻嘻！是媽媽。
像小兔一樣，
像棉花糖一樣，
柔柔的、香香的，

第10章 牽媽媽的手

我只想賴在她的抱抱裏。

但是……
一個暗沉沉的夜裏，
媽媽的位置空空的！
我好孤單。

我畫了一雙媽媽的手，
想到小寶寶的搖牀，
想着媽咪的擁抱，
原來，這就叫——
想念。

白淨淨的牀上，蜷曲着一個像貓的人，

冷冷的、懶懶的。
我看不到她埋在枕頭裏的臉，但是我知道，
她是我最愛的媽媽。
靠近她，想念她牽着我的温暖。

原來，媽媽的腦袋裏，有條叫視神經的小東西不乖，
它讓媽咪的視線愈來愈模糊。
是不是有一天，
太陽公公的笑臉、
星星的眨眨眼、
還有媽咪最愛的粉紅，
她都看不見了？
天空藍藍有白雲做伴，麵包樹的果子又熟又大了。

媽媽蹲下，瞇着她的眼睛，
用我最喜歡的手摸摸我的額頭。
我也伸出手，擦去媽咪的汗水。
這是媽媽最不愛的夏天。
我學會牽媽媽的手，
走過了像小惡魔愛折磨人的酷暑，
很快的，秋姑娘温柔地靠近了。

我不再害怕黑夜，
我是媽媽的小太陽，
牽着媽媽的手，像我小小的時候，
她教我一步、一步……
小心走好。

從小到現在，我讀過很多繪本，媽媽也曾經帶我去參加繪本創作班。我花了兩個星期，完成了一本繪本。

接下來兩個月，我經常牽着媽媽的手到市場去買菜，也牽着媽媽的手去學習點字。

放寒假前的某一天早自習，巫婆老師突然說：「各位同學，老師今天好高興，你們知道為甚麼嗎？」

大家你看我、我看你的，根本不知道發生了甚麼事。

「第一件事情是，小強上星期參加全國體操賽，得到兩面金牌、一面銀牌。」

同學大聲歡呼：

「蟑螂好棒！」

「小強以後要改叫太強啦！」

「驕傲、驕傲！你是全班的驕傲！」

「你是我們的體操王子！」

朱小強臉紅了，他好高興，我也替他高興。

巫婆老師又拍拍手說：「還有一件驚喜啊！文陽參加全國兒童繪本創作比賽，得到第一名！」

「哇～才子、才子！」

「繪本王子啦！」

同學又是一陣騷動。

好像做夢，我得獎了！媽媽一定會很高興。

「老師，我看過文陽的繪本，覺得很感動，我媽媽也是有時候像兔子，有時候像獅子，很多人的媽媽都一樣吧？但是我們常常忽略媽媽面臨的狀況，不知道要體諒媽媽的辛苦。」楊可欣舉手說。

「對啦、對啦，我以前都覺得我媽像虎姑婆，看到陳文陽形容他媽像頭獅子，我想我太要求我媽啦！我媽也有像兔子溫柔的時候。」毛婷婷說。

「嘿啊，我也覺得我要對我媽好一點，等她老了我一定要牽她去散步。」

賴子福說完，大家都笑了。

大家的焦點都在我身上，我覺得不好意思，也覺得不太好，所以我說：
「明年，請老師帶我們去看小強比賽，小強好厲害啊！」
「對啊，好想看蟑螂比賽。」
「小強，你要不要說一說得獎感言？」老師鼓勵地問。
同學安靜下來。
朱小強慢慢地說：「我也想牽媽媽的手，告訴她：我得獎了。」
大家一陣沉默，然後我們看見巫婆老師走到小強旁邊，彎腰牽起他的手說：「不要忘記，你有我這個媽媽。」
朱小強笑得靦腆，說：「我很高興，可以牽巫婆媽媽的手，我還要回家牽住奶奶的手，告訴奶奶我得獎了。」
同學用力地拍手，然後七嘴八舌地說出希望：
「今天大家都要回家牽牽手。」
「我要牽外婆的手。」
「我牽爸爸的手。」

第10章 牽媽媽的手

「我要牽弟弟的手。」

今天是星期三，下午，我要陪媽媽到醫院回診！

以前，總是媽媽牽着我的手帶我上學，現在，我引領媽媽走過車水馬龍……有時候，一些路人會對我們投以好奇的眼光，但是我一點都不在乎。

幸福不是外表的狀態，是心裏的滿足和踏實。

我，終於知道了答案。

愛的故事系列03

牽媽媽的手

作　者：曾玫蕙
負責人：楊玉清
副總編輯：黃正勇
編　輯：許齡允、陳惠萍
美術設計：小萬

出　版：文房(香港)出版公司
2018年6月初版一刷
定　價：HK$48
ISBN：978-988-8483-62-4

總代理：蘋果樹圖書公司
地　址：香港九龍油塘草園街4號
華順工業大廈5樓D室
電　話：(852) 3105 0250
傳　真：(852) 3105 0253
電　郵：appletree@wtt-mail.com

發　行：香港聯合書刊物流有限公司
地　址：香港新界大埔汀麗路36號
中華商務印刷大廈3樓
電　話：(852) 2150 2100
傳　真：(852) 2407 3062
電　郵：info@suplogistics.com.hk